AF369350

Fernando Enrique Gilabert Bustos

EL CALENDARIO ROTO

PRIMERA EDICIÓN
Octubre 2021

Editado por Aguja Literaria
Noruega 6655, dpto. 132
Las Condes - Santiago de Chile
Fono fijo: 56 - 227896753
E-Mail: contacto@agujaliteraria.com
www.agujaliteraria.com
Facebook: Aguja Literaria
Instagram @agujaliteraria

ISBN
9789566039945

Nº INSCRIPCIÓN:
306.982

TAPAS:
Imagen de Portada: Abhay Pratap Singh
Diseño de Tapas: Josefina Gaete Silva

ÍNDICE

Antofagasta, 12 de julio de 1973

—Papá, no te vayas a olvidar, en dos meses.

—¿Sí? ¿En dos meses qué sería? —preguntó Gerardo con una sonrisa.

—¡En casi dos meses es mi cumpleaños y me lo prometiste! —La pequeña Sandra abrió los brazos, mientras se colgaba del cuello de su padre.

—Sí, mi niña, voy a estar ese día soplando las velas junto a ti. No he faltado a ninguno de tus nueve cumpleaños que yo sepa, ¿no es verdad?

—No, papito, pero… —La pequeña titubeó un instante.

—Pero ¿qué, Sandrita?

—Mi mamá dice que pasas más tiempo en esas reuniones que con nosotras.

—Bueno, bueno —Gerardo entró a la casa con su hija en brazos—, son cosas del trabajo. Además, usted está muy chica para preocuparse por eso.

Sandra acarició las patillas y la espesa barba de su padre sin decir palabra alguna.

—Además, tu mamá exagera.

—¿Exagero en qué? —preguntó Patricia desde la cocina al escucharlos entrar.

—En nada, amor. —Gerardo guiñó un ojo a su hija mientras se sentaban en el sillón del *living*.

Le había costado sangre, sudor y lágrimas conseguir aquella pintura color crema que le recordaba a su casa materna, pero se dio maña para replicar los recuerdos en su primer hogar de casado. A veces, los muros y las rejas blandas de la ventana le hacían pensar en que aún estaba en su natal y querida Talca.

—El almuerzo está listo, pongan ustedes el mantel que voy a comenzar a servir.

Sandra se levantó del sillón y, abriendo la gaveta del estante, sacó el mantel y lo extendió sobre la mesa.

—Ya —Patricia se asomó por la puerta de la cocina con las manos en la cintura—, usted también tiene que ayudar a poner la mesa.

Gerardo le tiró un beso y respondió con seriedad:

—¡A su orden, mi sargento!

Luego, se acercó a donde estaba su hija, intentando ordenar lo necesario sobre el mantel.

—Tu mamá es igual al sargento Toro, Sandrita.

—¿Y quién es ese caballero, papá?

—Ah, el sargento Toro era quien me hacía sufrir en el servicio militar allá en Talca, hijita. Cada vez que nos veía sentados, nos mandaba a hacer alguna cosa.

Gerardo se puso una servilleta sobre la cabeza, con un dedo simuló un bigote y en posición firme dijo con seriedad:

—¡Usted, conscripto Herrera! ¿Amaneció cansado? ¡Consiga una escoba y barra el patio!

En eso la voz de Patricia interrumpió desde la cocina:

—¿Está puesta la mesa? Voy con los platos.

Los dos se miraron y Gerardo rio en voz baja:

—¿Qué te dije?

Pocos minutos después, los tres estaban sentados haciendo planes sobre cómo pasarían el fin de semana. Patricia había preparado los tallarines a la italiana que tanto le gustaban a Gerardo y que, por razones de racionamiento, eran casi cosa del pasado.

—¿Y la carne, amor? ¿Cómo la conseguiste? Pensé que los ibas a preparar con chancho chino; no es la gran maravilla, pero por lo menos comemos carne, y la Sandrita la necesita porque está creciendo.

—La señora García.

—¿La del Jap?

—Sí, esa misma. Sabes que vamos al mismo centro de madres, es la madrina de tu compañero, el Jano… Dijo que tu amigo le comentó que asistías con él a esas reuniones para proteger la fábrica en caso de un golpe militar.

—¿Y qué tiene eso que ver con la carne?

—No sé, me pareció muy raro cuando lo comentó, antes hablaba poco y nada conmigo… Sabes que aunque esté en contra de esas viejas momias del barrio y haya votado por el presidente Allende, no me gusta meterme en esas cosas.

»Ayer se me acercó muy solícita, se sentó a mi lado y me felicitó por lo que estabas haciendo. "Sí —respondí—, hay que cuidar lo que tanto nos costó ganar"; eso pareció gustarle. Al final de la reunión dijo que quería conversar conmigo…

Patricia hizo un alto en su relato y miró a Sandrita, la muchachita jugaba enrollando de forma distraída los tallarines en el tenedor para luego devolverlos al plato.

—¡A ver, señorita! ¿Usted quiere que le compre la revista de monitos que me pidió ayer?

—Sí, mamita. —La niña abrió los ojos.

—Bueno, entonces tiene que dejar el plato vacío, ese fue el trato, ¿verdad? Usted comenzaba desde hoy a comer todo su almuerzo y yo la premiaba por ser una niña obediente.

La pequeña miró a su padre buscando protección. El joven, desacostumbrado a reñir a su hija, hizo una pausa para tomar aire. Acariciándose con los dedos el largo cabello, negro como el azabache, y luego de juguetear por unos segundos con su barba, miró a la pequeña.

—La mamá tiene razón, mi niña. Aunque aún no lo entiendas, hay muchos niños en este país que quisieran estar comiendo lo que desprecias. Además, tienes que alimentarte bien porque estás en pleno crecimiento; de lo contrario, también me voy a enojar contigo y la torta de tu cumpleaños será muy pequeñita, porque nos estás demostrando que no eres muy buena para comer.

—¡No, papito! ¡Sí me lo voy a comer todo!

—¿Hoy y todos los días?

—¡Sí, papito, te lo prometo!

—¡Ah! Si es así, tal vez la torta sea muy grande.

Sandra comenzó a comer entusiasmada sus tallarines, así que Patricia continuó con su relato:

—Al terminar la reunión, la señora García preguntó si podía acompañarme hasta la casa. Nos vinimos conversando de cosas sin importancia, hasta que al llegar a la puerta dijo: "Mire, mijita, las cosas no están muy buenas. Usted sabe que los momios fascistas están en contra de los pobres, entre nosotros debemos ayudarnos. Su marido es un buen chileno, con gente así vamos a cagar a esos momios de una vez". "Claro —respondí—, es deber de todos cuidar el lugar donde uno trabaja y el Gerardo no es ajeno a lo que está pasando".

» "Bueno, ustedes nunca se meten en nada y están un tanto alejados de todas las cosas que pasan por aquí, como si no les importara… Momios no son porque son tan pobres cono nosotros. Usted no sale como esas viejas huevonas a golpear las ollas cada vez que hay protestas…". "Claro —repliqué—, si echo a perder las ollas, me quedo sin cocinar". "Mire, tienen una hija pequeña que está creciendo… y bueno, por culpa de los ricachones la comida está escaseando. No se preocupe, tengo contactos. Usted sabe que soy la jefa de la Jap de la población, cuando llegue algo bueno, le aviso".

»Y esta mañana, cuando fui a la verdulería, ella estaba allí. Al verme me llamó a un lado: "Señora Patricia, acompáñeme, le tengo un regalito. De hecho, iba a ir a su casa a avisarle…". "¿Sí? Déjeme comprar la verdura".

»No muy convencida, la acompañé. Me llevó donde su compadre Blanco, ese gordo que vende leña y carbón… El caballero me saludó y me hicieron pasar a una especie de bodega… ¡Ni te imaginas! Había un refrigerador grande lleno de carne.

» "Ya, compadre —dijo la señora García—, el marido de la señora Patricia es compañero de trabajo del Janito, asiste a las reuniones con mi ahijado en la fábrica y se merece un buen regalo". "Claro, comadre. Sí, lo conozco, viene algunas veces a comprar carbón para la cocina cuando no hay gas". "Así es —respondí—, muchas veces debemos cocinar con carbón o leña. Uno puede aguantar, pero cuando se tiene una hija pequeña…". El caballero sonrió y cortó dos trozos de carne, los envolvió en una par de hojas de *El Mercurio* y dijo: "De algo que sirva esta mierda fascista… Ya, señora, guárdelo en la bolsa con las verduras para que no se den cuenta. No le cuente a nadie de dónde sacó la carne; usted sabe, compañera, que con tanto sapo uno nunca sabe". Le di la mano para despedirme, aseguré que no debía preocuparse y volví a la casa.

»No niego que me sentí un poco nerviosa con tanta recomendación; al fin y al cabo, no estaba haciendo nada malo, ¿cierto?

—No, mi amor. —Gerardo le tomó la mano—. Nada que no hagan muchos otros aquí en Antofagasta y en todo el país. Además, amor, nos diste una sorpresa.

Santiago, 21 de julio de 1973

Los hermanos Urrejola, Ignacio y Diego, se habían estado preparando toda la semana. Junto a sus amigos, el Polo Santelices y las hermanas Echeñique, Pía y Chany, por fin darían el gran salto.

Tomaron esa decisión a pesar de que la universidad donde estudiaban estaba en paro indefinido desde hacía tres semanas, y de los enfrentamientos que se sucedían casi todos los días en las calles de la capital, a veces de forma sangrienta, entre la brigada Ramona Parra, perteneciente al Partido Comunista, del cual formaban parte, al igual que todos sus amigos y parientes del barrio, y Patria y Libertad, la brigada de ultraderecha que habían ayudado a fundar un año atrás los hermanos mayores de las Echeñique y los primos del Polo Santelices, entre otros jóvenes.

Eran tan distintos como el día de la noche o el aceite del agua. Unos provenían de una comuna pobre como San Miguel, y los otros ostentaban la opulencia de la clase social dominante que habitaba la comuna de Providencia. Sin embargo, algo en verdad los unía y había hecho que cada uno se apartara del confrontamiento político que envolvía día a día al país como una negra pesadilla.

La música se había transformado para ellos en un bálsamo de irrealidad del cual no querían salir. Ese sábado, después de múltiples pedidas de favores y luego de golpear cientos de puertas, por fin habían logrado una oportunidad en el programa *Sábados Gigantes* del Canal 13 de la Universidad Católica. Un tiempo atrás se había creado en el programa una sección para mostrar a los nuevos talentos, y los jóvenes no querían perder esa oportunidad de ser famosos. Habían sido grito y plata en los festivales universitarios, y en más de una ocasión se presentaron en algún programa de radio.

Muchas veces, los hermanos Urrejola habían sido tratados de reaccionarios por sus vecinos del barrio, por ser amigos de los momios y pertenecer a una banda de *rock*, música venida de Estados Unidos, el mayor enemigo del pueblo, según promulgaba el propio presidente Allende en sus discursos. No obstante, hacía mucho tiempo que eso había dejado de importarles, al igual que a sus amigos del conjunto, a quienes sus vecinos trataban de traidores por juntarse con los rotos upelientos de la universidad.

Sí, era cierto y de alguna forma tenían razón: los hermanos Urrejola provenían de una de las comunas con mayor apoyo al gobierno de la Unidad Popular, donde no había semana en que el alcalde Palestro no gritara a los cuatro vientos en acalorados y encendidos discursos que el país estaba dividido en dos: los chilenos y los enemigos de Chile. Sin embargo, ese día muy temprano los cinco se reunieron en la casona de las hermanas Echeñique, en la calle Providencia, para preparar sus indumentarias. El día anterior habían ensayado hasta muy tarde y el productor del programa les había solicitado de forma encarecida que estuvieran en los estudios de la calle Lira 340, a más tardar, a las tres de la tarde sin atrasarse un minuto. Por esa razón, a las doce estaban almorzados y listos para partir. El padre de las dueñas de la casa les prestó la camioneta, y luego de cargar los instrumentos y las ropas de actuación, se abrazaron y partieron a la aventura de ser famosos.

—¿Y cómo se llama el conjunto? —El asistente de piso encargado de llenar los cartones que debía leer don Francisco al anunciarlos, los miró de arriba abajo.

—Somos los Musicians and Friends —respondieron los cinco a coro.

—¿Y qué significa eso? No le pego mucho al inglés.

—Significa algo muy importante para nosotros: músicos y amigos —respondió el Polo Santelices.

—¡Ah, bueno! —El hombre anotó el nombre en un papel—. Muchachos, ¿ven ese pasillo al costado del galpón, al fondo? Ahora se van para allá y esperan junto a los otros que participarán en el programa. En una hora más o menos viene la sección de los talentos, yo mismo les vendré a avisar.

—¡Miren! —Pía, una de las hermanas Echeñique señaló con la mano—. ¡Ahí va entrando don Francisco!

Se agolparon para ver al famoso animador, quien dio la vuelta y saludó con la mano a la gente antes de entrar al estudio. En el interior, los aplausos brotaron por los cuatro costados, mientras el coro, junto con el público presente, comenzaba a cantar:

Sábados Gigantes, Sábados Gigantes, el programa ameno presentado a usted...

¡Cuántas veces habían escuchado esa canción mientras almorzaban! Como mejor pudieron, se acercaron con los otros jóvenes que esperaban para mirar detrás de las grandes cortinas, desde donde se divisaba el escenario. Allí estaba don Francisco bromeando y jugando con los concursantes.

Algunos minutos después, un hombre de delantal blanco se acercó al grupo de mirones y los instó a abandonar el lugar:

—¡No pueden estar aquí! ¡Salgan de inmediato! En media hora tienen que estar preparados, son cuatro los grupos que participarán. ¡Pongan atención! Don Francisco los presentará en el siguiente orden: primero, Voces Andinas; ¿quiénes son?

—¡Nosotros! —Se acercó un quinteto de muchachos vestidos a la usanza del norte, aperados con quenas, un par guitarras, un charango y un bombo.

—Bien. Luego el dúo Dani y Danila…

—¡Nosotros! —Una agraciada muchacha indicó a su acompañante, mientras levantaba la mano.

—Perfecto. Después iremos a comerciales. Al volver, tocará el turno a los imitadores de Los Beatles… Sí, sí, ustedes —dijo el hombre de la cotona blanca—, no tengo ni que preguntar, son igualitos… Cierran los Musicians and Friends; ustedes, ¿verdad?

—Sí —el Polo Santelices asintió con la cabeza—, nosotros, señor.

—Bien. —Terminó de anotar en su cuaderno—. El único instrumento que pueden ocupar del estudio, si lo necesitan, es la batería; el resto, como decían las bases del concurso, lo traen ustedes, ¿de acuerdo?

—¡Sí! —respondieron todos a coro.

—Bien, nos vemos en media hora.

Los concursantes caminaron hacia el pequeño galpón. A un costado, una larga fila de personas se aprestaba a ingresar al estudio, mientras la orquesta tocaba sin parar el tema de apertura del programa.

—¡Miren! —exclamó uno de los imitadores de los Beatles—. Aquí se guarda la tramoya.

—¿La que?

—Los decorados, las tarimas, todo lo que se va usando en el programa.

El lugar estaba lleno de mesas, tarimas, cortinas de brillantes colores, micrófonos, algunos instrumentos musicales, y una gran hilera de trajes y disfraces, colgados en una larga y ordenada línea de ganchos para la ropa, enumerados en orden. Se acercaron para ver la novedad, hasta que una voz ronca hizo que los diez y seis entusiastas y curiosos jóvenes se quedaran quietos sin decir palabra alguna.

Detrás de una cortina a medio colgar varios hombres de delantal blando tomaban café, mientras esperaban cumplir alguna tarea.

—Muchachos —dijo uno de ellos—, aquí se mira y no se toca. Aquí todo es urgente; si algo no se encuentra a tiempo, el programa falla y arde Troya.

—No —respondieron al unísono, buscando un lugar donde sentarse.

Sin duda, esa fue la media hora más esperada de todas las que habían vivido los noveles participantes del concurso de talentos de Sábados Gigantes. Se pasearon conversando entre sí, las hermanas Echeñique con uno de los imitadores de Los Beatles, uno de los hermanos Urrejola con la chica del dúo, mientras el Polo Santelices le pedía al grupo nortino que le explicara cómo sacar una nota a la quena. En esa interminable, pero a la vez cortísima media hora, nadie quería pensar en lo que sucedería una vez que les tocara entrar al escenario.

Así transcurrieron los minutos, hasta que apareció el hombre de la cotona.

—¡Ya, señores, llegó la hora! Entren detrás de mí de forma ordenadita y lo más calladitos posible.

Hicieron una larga fila y lo siguieron. A pesar de que estaban en pleno invierno, en el estudio reinaba el calor de cualquier día de verano. ¿Era eso, o los nervios se apoderaba de ellos?

El maestro Valentín Trujillo levantó la mano y la orquesta comenzó la fanfarrea del concurso.

—Vaya, compadre. —Uno de los hermanos Urrejola susurró al oído del Polo Satelices—. Las modelos se ven más ricas que en la tele.

—Son todas ricas.

—¿Qué viene ahora? —preguntó el rizado animador de las familias chilenas a una de las agraciadas modelos.

—¡El concurso de los talentos! —respondió ella con una sonrisa.

—¡Queeeee entren los primeros concursantes! ¡Ellos son…!

Uno a uno fueron presentados los participantes; al oído de sus amigos y parientes, cada uno era merecedor del primer lugar. Durante el despliegue de talentos, el grupo andino se lució con el arreglo instrumental, mientras que el dúo hizo gala de una combinación vocal envidiable. Por su parte, los imitadores de Los Beatles sonaron como los auténticos, así que los cinco amigos se miraron y persignaron.

—¡Bueno, que sea lo que Dios quiera! —La mayor de las hermanas Echeñique recorrió a sus compañeros con la mirada.

—¡Vaya, amigos telespectadores! ¡Esto está muy peleado! Aún queda un cuarto grupo participante. Los cinco jóvenes que a continuación buscan ser los artistas más talentosos del mes, se conocieron en la universidad y conforman un quinteto de *rock*… Dejo con ustedes a los Músicos y Amigos… o como ellos dicen, ¡Musicians and Friends!

Las luces se encendieron. El Polo Santelices golpeó con todas sus fuerzas la batería y los jóvenes dieron rienda suelta a sus sueños y esperanzas.

Un cerrado aplauso concluyó la interpretación de los universitarios, aunque para ellos el mundo se acabó cuando terminaron de cantar. Nada más les importaba, habían cumplido el sueño de cantar en la televisión; lo que siguiera a partir de allí, sería un regalo.

—¡Bueno, bueno! Vamos a comerciales y volvemos con el veredicto del jurado, don Francisco —dijo el coanimador Emilio Rojas a través de un parlante en *off*.

La orquesta comenzó con la fanfarrea y el animador llamó a los participantes al escenario para darles la mano.

—Todos estuvieron muy bien, muchachos, pero es lamentable que solo uno de ustedes pueda pasar a la gran final del 15 de septiembre. El próximo mes habrá un nuevo concurso y un último clasificado, y en septiembre será la gran final de finales. El ganador se convertirá en artista estable del programa durante todo el año.

La orquesta comenzó una vez más la fanfarrea, mientras la voz de Emilio Rojas resonaba en el estudio:

—¡Estamos de nuevo con nuestro público, don Francisco!

—¡Muy bien! ¿Qué dice el jurado?... Para mí, todos son ganadores, pero solo uno de los grupos participantes pasará a la gran final del 15 de septiembre.

Los cinco muchachos se tomaron de la mano. Mientras, los cuatro integrantes del jurado, todos doctos en la materia, comenzaron a dar sus comentarios. Para algunos no existía gran diferencia entre los grupos participantes, todos habían estado extrañamente brillantes; para otros, los cuatro debían ganar, auguraban que de no suceder nada extraordinario en el próximo concurso a efectuarse durante el mes de agosto, del ganador de esa presentación debía salir uno de los dos primeros puestos de la gran final de septiembre.

—¿Y? ¿Tiene el jurado el veredicto?

Un señor alto y delgado, profesor de música de la Universidad Católica, se levantó y extrajo un papel para expresar con solemnidad:

—Fallo dividido, don Francisco. El jurado ha decidido que, si bien para nosotros todos son ganadores, el grupo que debe pasar a la final es…

—¡Redoble de tambores, maestro! —Don Francisco miró al maestro Valentín.

Mientras tanto, los participantes se estrecharon en un multitudinario abrazo.

—¿Pasan a la final…? —Don Francisco se giró hacia el presidente del jurado con interés.

—¡Los Musicians and Friends!

—¡Nosotros, huevón! —Tras este grito, Polo Santelices saltó como un niño que recibe su primer regalo de Navidad—. ¡Ganamos, ganamos!

Lo que sucedió después fue como parte de un sueño en cámara lenta: una de las hermanas Echeñique recibió a nombre del grupo un galvano que atestiguaba que pasaron a la final, y luego de los llantos de rigor, abandonaron el estudio.

Una vez en la calle y aún sintiéndose en las nubes, acomodaron con lentitud los instrumentos en la parte trasera de la camioneta, como queriendo no despertar del sueño.

Al final, uno de los hermanos Urrejola rompió el encantamiento:

—¿Y ahora? ¿A dónde vamos?

—Primero a dejarlos a ustedes en su casa, Ignacio; luego, a dejar a las chiquillas y devolver la camioneta.

Polo Santelices encendió el motor y el vehículo enfiló hacia la comuna de San Miguel.

El cielo estaba oscuro, el frío de julio comenzó a filtrarse por una de las ventanas, mas eso no les llamó la atención, estaban muy contentos. Aún con la adrenalina circulando por todo el cuerpo, cada uno de ellos gritaba para ser el primero en comentar la buena actuación; sin duda, la mejor desde que comenzaron a cantar y tocar. Después de todo, en parte habían cumplido un sueño largo tiempo anhelado.

Antofagasta, 22 de julio de 1973

Las cosas en la ciudad no habían cambiado; al igual que en el resto del país, estaban polarizadas. La fábrica de calzado donde Gerardo trabajaba desde hacía cinco años había sido intervenida de forma definitiva por el gobierno, acusando a los dueños de sediciosos y enemigos del Estado. Las reuniones del sindicato se hicieron cada vez más extensas después de cada jornada de trabajo, que de trabajo nada tenían.

La materia prima necesaria para el calzado hacía mucho tiempo que había dejado de llegar a la fábrica, las ventas casi estaban reducidas a cero. ¿Y qué decir de los repuestos para las maquinarias? Casi habían dejado de funcionar por falta de mantención, mientras que el sueldo recibido por los trabajadores hacía mucho que provenía de los subsidios que el Estado socialista enviaba a las fábricas para que siguieran funcionando. Mal que mal, el Banco Central imprimía billetes y más billetes para mantener contentos a sus partidarios, a pesar de que el cero respaldo existente en las arcas fiscales hacía que el dinero de casi nulo valor hundiera al país en una inflación histórica.

Claro, el dinero no le faltaba a Gerardo y sus compañeros; sin embargo, el verdadero problema a esas alturas era que no había productos para comprar. Lo poco o nada que se transaba en el mercado formal no alcanzaba para cubrir las necesidades básicas de la población, y esto acrecentaba el descontento de la mayoritaria oposición al gobierno de la Unidad Popular.

El país respiraba un enrarecido aire de violencia explícita en cada conversación. Era común que las pláticas terminaran en riñas, separando a personas que antes habían sido amigas o marcando el definitivo distanciamiento entre familiares.

—¿Y qué va a pasar ahora, Gerardo? ¿Qué sacan con quedarse haciendo turnos en la fábrica? ¿Para qué? Este mes has dormido más en el taller que con nosotras.

Gerardo bajó la cabeza. Luego de unos instantes, acercó a su boca la taza de té con leche que humeaba en su mano.

—¿Y la Sandrita?

—Ahí está. —Patricia ladeó la cabeza—. Se cansó de esperarte y se quedó dormida.

—La iré a ver apenas tome la once… El interventor dijo que los momios están preparando un golpe sedicioso en todo el país para derrocar al presidente Allende. La única forma de impedirlo es que los trabajadores defendamos las industrias, los fundos, las minas… En fin, amor, tú *entendí*.

—No, Gerardo, no entiendo. ¿Qué *sacai* con estar ahí casi todas las noches? Faltan todavía tres años de gobierno, ¿vas a estar tres años cuidando la fábrica?

Gerardo se agarró la cabeza sin saber qué responder, el silencio se interpuso entre ellos. Después de un rato tratando de encontrar las palabras justas, miró a su esposa directo a los ojos y le tomó ambas manos.

—Paticita, no sé qué hacer; de verdad, no sé qué hacer. Usted sabe que nunca me ha interesado la política, ni la de izquierda ni la de derecha. Solo soy un trabajador asustado de lo que pueda venir… Sabes que no le hago asco al trabajo… sabes muy bien que comencé a trabajar desde cabro chico, pero ahora lo que me interesa es tener algo para echarle a la olla, que no les falte nada a la Sandrita y a ti… Sabes muy bien que la única manera de tenerlo es estar con la gente de la UP…

»¿Qué voy a hacer? ¿Qué *vamos* a hacer, irnos al sur donde nuestros papás? ¡Si ellos están más cagados que nosotros! Ya ni siembran porque todos los fundos están tomados… Leíste la carta de tu mamá, hasta están comiendo papas importadas porque nadie cosecha… No, Patricia, la única solución es quedarnos. El interventor dijo en la reunión del lunes que debemos estar unidos, es la única forma que tenemos para demostrar a los sediciosos que el presidente no está solo y el pueblo permanece como una sola persona junto a él.

—¿Y qué va a pasar si los milicos se quieren tomar el gobierno, Gerardo? ¿*Vai* a dejar que te maten defendiendo la fábrica? ¡Una fábrica que no es tuya! Ni siquiera es de don David, el caballero que te contrató, porque se la quitaron.

—Sí, el pobre viejo siempre fue un buen patrón, preocupado a su manera de todos sus trabajadores. Pero tu *sabís* cómo es esta cuestión, los del sindicato empezaron a alegar por esto y lo otro hasta que vino ese gallo de la CUT y dijo que se estaban pasando a llevar los derechos de los trabajadores. Luego envió un interventor, valiente interventor, desgraciado y ladrón, un aprovechado con las chiquillas del taller de costuras, ofreciéndoles cartones de cigarros y paquetes de jabón para mantenerlas como un rebaño de ovejitas obedientes a su alrededor… A los pocos que no se han unido a las reuniones, como el Lucho Espinoza y el Guatón Moscoso, has visto lo que les pasó. Solo tienen para comer o lavarse, lo poco y nada que les alcanza con la tarjeta de la Jap. Cada uno tiene cinco cabros chicos, más los suegros del Lucho y las tías solteronas del Guatón que viven con ellos… Si en mí está la posibilidad de que nada les falte a ti y a la niña… si el precio es estar tres años durmiendo casi noche por medio en la fábrica, así habremos de aguantarnos. Esta pesadilla pasará alguna vez y las cosas cambiarán, amor, para bien o para mal.

Valdivia, 30 de julio de 1973

—¡Putas que hace frío por acá! ¿Alguna vez dejará de llover?

—¡Ja, ja, ja! ¿Dejar de llover? ¡Déjeme reír hasta que me canse! ¿No sabe que aquí cae agua hasta cuando no llueve? ¿No ve que así nos ahorramos tener que regar los jardines?

—¿Y hacen las guardias en bote acaso?

—Mire, usted es nuevo por acá, un teniente de la capital asignado en su primer destino profesional fuera de su ciudad natal. No es el primero ni será el último. En cambio yo, nacido y criado en Puerto Montt, acostumbrado al verde del paisaje, la humedad y el frío, fui enviado en mi primera asignación a Calama. La única agua que vi en dos años fue la de la ducha… En fin, aquí está y aquí se quedará por lo menos dos años, así que acomódese la capota y salga con sus pelados a patrullar la ciudad.

—Sí, mi capitán, así se hará.

El teniente Albornoz siempre había querido ser militar, era el primero de su familia en vestir de uniforme. Fuera de su abuelo paterno, claro, que había sido bombero en su juventud. Llevaba casi un año en Valdivia, ocho meses para ser exactos, y aún no se acostumbraba. La cuenta la llevaba clara en su cabeza, ya que hacía siete había conocido a Mariana en un baile al que fue invitado por algunos compañeros del regimiento. Esa noche estaba de franco. Como no conocía a nadie y llevaba encerrado en las dependencias del regimiento Cazadores casi un mes, se decidió y partió.

El joven teniente era quitado de bulla y no muy amigo de las fiestas. En realidad, siempre había querido ser militar, eso era lo único que le interesaba por el momento. Entre sus trencitos de juguetes, de los cuales tenía una gran colección guardada ordenadamente en cajas en la casa materna, y su preocupación por los estudios, se habían ido todas las noches de sábado, mientras sus amigos del barrio o el colegio comenzaban a salir con muchachas y bailar con las canciones de Música Libre.

En aquel momento todo habría seguido igual, de no haber asistido a esa fiesta. La muchacha lo había observado largo rato y él hizo otro tanto, sin que ninguno se acercara, hasta que el teniente Donoso se aproximó a él.

—¿Te gustó la cubanita?

—¿Cubana, ella?

—Claro, es hija de uno de los asesores cubanos que trajo el gobierno para hacerse cargo de los trenes de Ferrocarriles del Estado. Ven, te la presentaré. Es muy simpática, pero media retraída, algo diferente a los otros cubanos que trabajan en ferrocarriles. Al parecer echa de menos su país… Claro, con el frío que hace aquí y tanta lluvia, cualquiera, ¿no te parece? ¡Vamos!

—Pero, Donoso, ¿de qué le voy a hablar? ¡Si apenas conozco la ciudad!

—¡Putas, qué sé yo! No *seai* pavo, de eso mismo: que no conoces a nadie… Invítala a bailar, invítale una bebida. Recuerda que eres un soldado de la patria preparado para la guerra, no te *vai* a cagar en los pantalones por una mina, ¿o sí?

El joven aceptó con una sonrisa y ambos se acercaron. La bella joven de piel tostada y ensortijado cabello negro levantó el vaso de Pepsi-Cola que tenía en sus manos y se lo acercó a la boca.

—Mariana, te presento a un amigo. Es nuevo en el regimiento y recién llegó a Valdivia el mes pasado, no conoce a nadie en la ciudad.

El joven sonrió.

—¡Hola! Soy el teniente Albornoz, vengo prácticamente llegando de Santiago.

La muchacha dejó el vaso sobre la mesa, levantó la cabeza y sonrió mirándolo fijamente. El teniente sintió que esos ojos grandes y cafés como un par de almendras le atravesaban de lado a lado, mientras una voz de encantador acento caribeño llegaba a sus oídos:

—¡Hola, teniente Albornoz! Bienvenido a las frías tardes de Valdivia. Yo también llegué hace poco a esta ciudad, hace tres meses para ser exactos… Vengo de una ciudad llamada Santiago, ¿tú sabe?

—¿Santiago?

—Claro, Santiago de Cuba, de ahí mismo soy yo, como tú me ve.

—¿Y qué hace acá una cubana? Bueno… además de pasar frío —preguntó el muchacho para romper el hielo.

—Bueno, chico, mirar los trenes.

—¿Mirar los trenes?

—Sí, mi padre está trabajando en los ferrocarriles de esta ciudad… Bueno, lo veo partir y lo veo llegar, no tengo más nada que hacer que mirar los trenes.

—Debe ser muy aburrido, ¿verdad?

—¿Aburrido? ¡Qué va, chico! Toda mi vida he estado cerca de los trenes y me encantan; si hubiera nacido hombre, habría sido maquinista.

"Los trenes", pensó el teniente Albornoz. Después de todo, de algo le serviría haber coleccionado durante años modelos de trenes de distintos países. Esa afición y el mutuo interés por ellos sirvieron de excusa para continuar la conversación y comenzar a visitar a la muchacha cada vez que salía de franco.

Antofagasta, 5 de agosto de 1973

Gerardo cerró los ojos durante un momento y se agarró la cabeza con las dos manos, todo parecía dar vueltas a su alrededor, sentía que cientos de tambores resonaban en el interior de su cabeza. La Central Unitaria de Trabajadores (CUT) había ordenado una marcha nacional en apoyo al gobierno, repudiando una vez más a los momios golpistas y la derecha reaccionaria. Ese día las cosas se habían puesto feas en la ciudad, las bombas lacrimógenas hicieron irrespirable el aire de la población de los obreros donde vivía el joven, obligando a sus moradores a cerrar puertas y ventanas. Hacía dos noches que se habían producido sendos cortes de luz a raíz de los cadenazos arrojados a los cables del tendido eléctrico. Los enfrentamientos entre los carabineros y los opositores al gobierno, sumados a los producidos entre las brigadas políticas como la Rolando Matus y Patria y Libertad, de la derecha, con las fuerzas de izquierda conformadas por la Ramona Parra y la Elmo Catalán, eran el pan de cada día en el país. Al final, no sabían con quién y contra quién peleaban, bastaba emitir una opinión en voz alta para recibir un insulto o un golpe.

Eran cerca de las cinco de la tarde. En su hogar, Patricia leía una revista, cuando la puerta de calle comenzó a ser golpeada con insistencia.

—¡Señora Patricia, señora Patricia!

Miró a la pequeña Sandra, la cual dormía la siesta ajena a la amargura que embargaba a su madre. La mujer abandonó la habitación sin hacer ruido y se dirigió a la puerta.

—¿Quién es?

—¡Soy yo, su vecina, la señora Elsa!

Abrió la puerta con desconfianza.

—¿Qué pasa?

—¡Es su marido, don Gerardo! Le llegó un piedrazo en la cabeza.

—¡¿Qué?! —Patricia la miró sin comprender.

—No, no se preocupe, está bien ahora, vecina. Está en la Posta, pero lo traen para acá.

—Pero ¿cómo? ¿Qué pasó?

—Bueno, vecina, usted sabe que hoy había una marcha de la CUT, en la calle Matta estaban esperando los de Patria y Libertad. Apenas llegó la columna con los trabajadores, les comenzaron a tirar piedras y don Gerardito fue el primero en recibir un peñascazo, así que los cabros lo llevaron a la Posta… No se preocupe, dijeron allí que estaban esperando la micro cuando sucedió la cuestión.

—¿Y hace cuánto pasó? ¿Dónde está ahora?

—No se preocupe, doña Patty, eso pasó hace como dos horas… Mi marido andaba con el suyo, llamó a la casa de la señora García, la de la JAP… ve que es la única que tiene teléfono… y ella mandó al cabro chico a avisarme y aquí me tiene… Mi marido dijo que se venían apenas le hicieran una curación… Bueno, vecina, ahora me voy, mire que va a oscurecer temprano y, para variar, no hay luz.

—Sí, sí, gracias.

Patricia cerró la puerta, la angustia se apoderó de ella. Hacía bastante tiempo que el temor de que le pasara algo a Gerardo no la dejaba dormir. ¿Cuántas veces se había preguntado por qué tenían que vivir de esa manera? Se fueron al norte con la ilusión de forjarse un futuro, como tantas familias del campo habían hecho en diferentes lugares. "Sin duda, la prosperidad y la buena fortuna están en las grandes ciudades —había dicho Gerardo cuando comenzaron a planear su matrimonio—. Apenas juntemos una platita, nos enfilamos para Antofagasta, negra. Allí puedo trabajar fabricando zapatos. Con lo que aprendí de talabartería y cueros con don Jecho, me van a pelear en las fábricas de zapatos, ¿quién mejor que un huaso sabe de vacas? ¿Y de qué están hechas las vacas, negra? ¡De cuero, *poh*, mi amor!". ¿Cuántas veces la había hecho reír con esa pregunta cuando dudaba del viaje al norte?

Esos recuerdos acudieron a su cabeza en ese momento. ¡Qué feliz había llegado su marido una tarde a la pensión donde vivían recién llegados a la ciudad!

—¡Patricia, me fue bien! Fui a la primera fábrica que vi en un listado que había en la municipalidad, el capataz que me entrevistó dijo que justamente tenían una vacante. ¡Negra, comienzo a trabajar mañana! Muy pronto podremos traernos a la Sandrita a vivir con nosotros.

Aquel día había sido de fiesta para los dos. El solo hecho de tener una ansiada y nueva esperanza, bastó para que ambos corazones sintieran que, de alguna manera, Dios había escuchado sus ruegos y que a partir de ese momento una nueva luz comenzaría a iluminar sus días.

—Tengo una sorpresa…

—¿Otra más? —Patricia lo abrazó.

—Sí, mi amor. Compré una botella de champaña para que celebremos, no nos tomamos una copa desde que nos casamos, ¿te acuerdas? ¡Y bien vale que celebremos como Dios manda!

A los pocos meses de comenzar a trabajar, Gerardo arrendó una casa en una población de obreros ligada al comercio de cuero en la ciudad y las cosas habían comenzado a marchar como soñaron. Si bien era cierto que el sueldo no era muy alto, se arreglaron para ahorrar sagradamente para los estudios de su pequeña hija. Poco a poco amoblaron su casa de forma humilde pero cómoda, sin que nada les faltara a sus mujeres, como solía decir Gerardo para referirse a ellas.

El día que encontró trabajo en la fábrica y el primer día de clases de Sandrita, al cumplir cinco años, llenaron de felicidad el hogar. Mucho habían llorado ambos al dejar a la pequeña en el colegio, sufrieron más que ella, que entró contenta de la mano de su profesora. Cuántas veces habían reído al recordar esa ocasión. Ambos se las arreglaron para ir a buscarla muy temprano aquel primer día de colegio, preocupados de que su hija hubiera sufrido por estar por primera vez lejos de ellos.

—¿Ustedes son los papás de Sandrita? —preguntó la profesora.

—¡Sí! ¿Pasó algo malo?

—¡Uf, al contrario! Los felicito, fue uno de los pocos niños que no lloró en su primer día de clases… Si vieran ustedes, hasta me ayudó a consolar a sus compañeros.

¿Y Gerardo? ¿Cómo estaba? Patricia miró la hora y se levantó del sillón para dirigirse a la ventana. Atisbó hacia la calle, la escasa luz de agosto comenzaba a marcharse. Miró de nuevo el reloj, le pareció que había pasado una eternidad desde que su vecina se marchó.

De pronto, sintió voces y se asomó otra vez. Allí, junto a la puerta, Gerardo se despedía de dos vecinos y miraba hacia la ventana. Atrás, la empedrada y lúgubre calle recortaba con su escasa luz la figura de la persona que más amaba en este mundo junto con su hija. Para ella, la oscuridad de la ciudad era diferente, muy distinta y ajena a la oscuridad del campo donde había nacido. Las sombras parecían gozar escondidas detrás de los sucios y descoloridos muros de las casas, que recortaban las largas calles que flanqueaban su hogar. Cuando llegaron allí llenos de sueños y felicidad, todo era luz y esperanza, pero de eso había pasado una eternidad, una eternidad que comenzaba a cambiar la vida de unos y otros. Cada marcha de apoyo o rechazo al gobierno inevitablemente llevaba a que alguien provocara un apagón en el barrio, al tirar una cadena u otro elemento metálico al tendido eléctrico. La municipalidad había decidido tomar medidas extremas: no reemplazar las luminarias como castigo para todos los bandos.

Patricia dio un salto de felicidad y abrió la puerta de forma apresurada.

—Aquí le traemos al compañero, señora —dijo uno de los hombres—. Fueron los momios los que…

—No se preocupe, vecino —interrumpió Gerardo—. Muchas gracias por todo.

—No tiene nada que agradecer, compañero. ¡Hasta mañana!

—Sí, hasta mañana.

Patricia corrió hacia su esposo y lo abrazó llorando.

—Ya, mi amor, si no es nada, solo un chichón en la cabeza y nada más. Sabes que soy cabeza dura.

Patricia no respondió. Tomándolo de la mano, entró a la casa con su marido.

Valdivia, 10 de agosto de 1973

Trascurridos siete meses del primer encuentro en la fiesta, todo el regimiento comentaba acerca de su suerte. Al parecer, el tenientito de Santiago había conquistado a la muchacha más sensual de Valdivia, las bromas de sus compañeros eran cosa de todos los días; sin embargo, la vida no era color de rosa para el joven. Si bien era cierto que se veía cada semana con la muchacha y la relación entre ambos se estrechaba, los negros vientos provenientes de la política comenzaban a golpear con fuerza.

A esas alturas, el país atravesaba una profunda crisis política y social, la civilidad golpeaba las puertas de los cuarteles pidiendo a los militares que sacaran al presidente Allende del poder. El coronel Sepúlveda había sido muy claro esa mañana en su oficina y no dejó lugar a duda alguna:

—Teniente Albornoz, usted conoce a la perfección lo que está pasando en el país, escucha la radio y lee lo diarios como todos. Le voy a ser sincero, esta no es una orden, pero espero que sea lo bastante inteligente para que entienda lo que diré: el Ejército no puede, a estas alturas, mantenerse al margen de lo que ocurre en el país. De alguna forma, sabemos que esos asesores cubanos que ayudan al gobierno se traen algo bajo la manga, así que el Ejército no ve con buenos ojos esa relación tan estrecha que tiene usted con la muchacha, hija de uno de los asesores de los ferrocarriles… Puede que esté equivocado, teniente, y ese hombre sea lo que dice ser y nada más, pero tengo órdenes de vigilar a todos los extranjeros que ha traído el gobierno, eso incluye al padre de su amiga, ¿entiende? Como no tengo la facultad de ordenarle que deje de visitarla, quiero pedirle que tenga mucho cuidado con las cosas que habla con ella. ¿Está claro?

El amor había llegado hasta lo más profundo del corazón del teniente Albornoz. No tenía gran experiencia con el sexo opuesto, claro está, fuera de haber vivido y sufrido los berrinches de sus tres hermanas mayores y haber tratado de cortejar sin mucho éxito a alguna de las compañeras de colegio que ellas llevaban a estudiar a la casa. Mariana, en cambio, era diferente a todas las muchachas que había conocido, tal vez por ser extranjera, tal vez por ser tan diferente a las chilenas… tal vez, tal vez.

El 12 de septiembre Mariana estaba de cumpleaños. El teniente Albornoz decidió dar el gran salto y pedirle pololeo. ¡Qué gracia le hacía a la muchacha esa palabra, se reía cuando la escuchaba! No obstante, por lo que le había confiado durante las interminables conversaciones paseando por la plaza o en bote por el río Calle-Calle, nunca había tenido novio o pretendiente. Su padre había enviudado cuando ella tenía doce años y, a partir de entonces, consagró su vida a acompañarle a los lugares que su trabajo destinara. Sí, de alguna manera la muchacha era muy similar a él, eso de verdad le atraía.

Había conversado en innumerables ocasiones con su padre. Le pareció que el señor Hidalgo sabía sobre trenes más que todo lo que él había aprendido leyendo *Icarito* y las enciclopedias que sus papás le regalaran. Si de algo estaba seguro, era que el padre de la muchacha no era un guerrillero o potencial enemigo del país. Muchas veces, en larguísimas conversaciones él, le había explicado con lujo de detalles las mejoras que debían implementarse en los ferrocarriles del sur para optimizar el servicio, se veía con claridad que el hombre estaba muy compenetrado con su trabajo y conocía las falencias de la ciudad. En múltiples ocasiones se lo había comentado a su amigo, el teniente Donoso: "Cristián, si el padre de Mariana fuera un extremista camuflado, no sabría tanto sobre trenes". De alguna forma, eso lo tranquilizaba. Seguro el coronel Sepúlveda o sus superiores exageraban, al menos con respecto al padre de Mariana.

Estaba claro de lo que sucedía en el país, lo veía reflejado en las continuas protestas acaecidas en la ciudad, no pasaba una noche sin que tuviera que salir a patrullar con otros efectivos del regimiento para garantizar la tranquilidad de la población. Muchas veces la ciudad quedaba en penumbras producto de los bombazos que volaban las torres de alta tensión, lentamente las cosas parecían escapar del control de las autoridades. En más de una oportunidad había regresado al regimiento con el casco abollado por algún piedrazo lanzado por quienes pedían de forma exacerbada que los militares hicieran algo por liberar al país del marxismo-leninismo y evitaran la guerra civil que, a todas luces, comenzaba a amenazar al país.

La ciudad empezaba a sufrir en carne propia la escasez de alimentos, producto del racionamiento impuesto por el gobierno a través de la JAP. Era posible que esto ocurriera por la mala administración de los canales oficiales de distribución, o por la especulación practicada por los opositores al gobierno, quienes para ejercer presión de alguna forma habían comenzado a guardar en sus bodegas los exiguos alimentos que llegaban a la ciudad, provocando que algunas veces el Ejército tuviera que proveer de sus propios ranchos a la ciudadanía. Además, en varias ocasiones, los carabineros habían detenido a personas que robaban el ganado de algunos fundos para faenar a los animales y vender la carne en el mercado negro. Esto generaba interminables y repetidos cacerolazos de las dueñas de casa, quienes protestaban por las innumerables y largas colas que debían hacer a diario para conseguir lo necesario para la alimentación.

Santiago, 14 de agosto de 1973

—¡Ya paren! —gritó la menor de las hermanas Echeñique—. ¿No les basta con la cagada que hay todos los días en las calles, para que además ustedes se tengan que poner a pelear? ¡Que los upelientos, que los momios! ¡Que esto y que lo otro! En mi casa me tienen la cabeza podrida con esa cuestión. ¿Acaso no somos amigos? A mí no me importa esa *huevá* que hablan los diarios, me importa que somos amigos a pesar de todo, ¡y nada más!

Polo Santelices se detuvo y se sentó. Hacía media hora que había comenzado a discutir con uno de los hermanos Urrejola, mientras ensayaban para la presentación. La discusión había comenzado en un tono tranquilo, al comentar acerca de los desaciertos del gobierno de Allende. Luego, habían pasado a los garabatos:

—Amigo —dijo Polo—, la Chany tiene razón. Este país se ha transformado en una mierda, ni tú ni yo tenemos la culpa de lo que está pasando. Perdóname, Nacho, se me pasó la mano. Tú *sabí* que la política no va conmigo, pero como todo el mundo habla esto y lo otro, no sé qué chucha me pasó. Esta *huevá* de país nos va a terminar de volver locos a todos... Dame la mano, Nacho, y sigamos ensayando.

El menor de los hermanos Urrejola sonrió y extendió la mano para estrechar la de su amigo.

—Ya, momio... Y deja de desafinar, mira que los huevones que están en la final son muy buenos y los que ganaron el sábado pasado son mejores que los primeros. Quiero ganarme el primer lugar, se lo prometí a mis viejos. Tú *sabí* que para un obrero de la construcción, tener un par de hijos artistas es una estupidez. Él, a la edad del Ignacio y la mía, tenía una familia; en su cabeza, nosotros deberíamos estar trabajando. Bastante nos costó convencerlo de que era bueno que estudiáramos, ni siquiera quedó satisfecho al comienzo con la beca que nos dio el gobierno por ser los primeros alumnos del liceo, para él lo que vale es trabajar y nada más. En cambio, para nosotros es recontraimportante convencer al viejo de que se puede ser artista y profesional a la vez. Claro, como mis dos hermanos mayores son dirigentes del sindicato de la fábrica donde trabajan, que los dos hijos menores le hayan salido letrados, como dice, y que más encima se lo pasen cantando como los *hippies*, no lo tiene muy contento.

—Ya verás, Nacho, el sábado 16 de septiembre todo el mundo comenzará a conocer a los Musicians and Friends, tu viejo se sentirá orgulloso de sus hijos menores.

—¡Vamos, cabros! —Ignacio marcó el ritmo en la batería—. Esta vez voy a tocar yo y el Polo canta. ¡Un, dos, un, dos! ¡Ya, cabros, a cantar!

Antofagasta, 21 de agosto de 1973

—Patty, ¿qué le vamos a regalar a la Sandrita? El 12 de septiembre va a cumplir diez años ya, ¡cómo ha pasado el tiempo! Nuestra guagüita es una niña grande; más encima, la primera en su curso, salió más habilosa que nosotros.

—Bueno, por lo menos es más inteligente que su padre, que se lo pasa en reuniones y protestas; y más encima, llega a la casa con la cabeza rota.

—Sí, nuestra niñita ha crecido más rápido de lo que quisiera. Pronto, sin que nos demos cuenta, será toda una mujercita.

—Creo que le podemos comprar una muñeca, sabes que ama esa serie que dan en la tele. En la feria vimos el otro día unas muñecas de la pequeña Lulú y se volvió loca.

—¡No se diga más, negra! La próxima quincena te doy la plata, le compramos la más grande que encuentres y se la guardas en el clóset. Con lo copuchenta que es, jamás la encontrará allí porque no alcanza, ¿te parece?

—Sí… Ya imagino su carita al ver la muñeca, creo que jamás olvidará su regalo.

Dos noches seguidas había tenido Gerardo que permanecer en la fábrica haciendo guardia en turnos que eran cada vez más insoportables para él. No se acostumbraba a dejar sola a su familia durante tanto tiempo. En las noches era cuando más lo necesitaban, ya que la luz se cortaba casi todos los días luego del atardecer. Cada semana había una protesta en las calles, el tema habitual era que los milicos tomarían el poder y los trabajadores, como les había dicho el interventor, tendrían que defender con uñas y muelas sus lugares de trabajo, ya que esa era la única arma que tenía el pueblo para proteger al compañero presidente. Además, cada día resultaba más difícil encontrar lo necesario para comer, a no ser que fuera en el mercado negro y pagando varias veces el valor de los productos.

Una tarde, el interventor les presentó a un hombre de Santiago, el compañero Galindo. Había llegado a la ciudad enviado por el Frente de Trabajadores Revolucionarios con la misión de enseñarles, como dijo aquella tarde, algunas tácticas de guerra para defender la fábrica en caso de un ataque armado. Abrió un gran maletín y extrajo gran cantidad de panfletos que repartió entre los presentes.

—Aquí, compañeros, está un instructivo para que aprendan a fabricar bombas molotov. Vamos a llenar la fábrica con ellas, cada uno de ustedes tendrá asignado un sector para lanzarlas a la calle… También —sacó una metralleta recortada—, van a aprender a disparar. En caso de cualquier cosa, tenemos preparado un arsenal de estas joyitas y apenas pase algo, se las vamos a traer en un santiamén. Todos los que estén en sus casas, vuelan para acá y así, compañeros, junto con los demás compañeros de las otras fábricas, las minas y el resto de los lugares de trabajo, haremos cagar a los milicos si se atreven a hacer algo. Los momios en Santiago, por lo que hemos sabido, han tenido reuniones con algunos generales golpistas para meterles huevadas en la cabeza.

Gerardo no había querido asustar a Patricia. Cuando le preguntó al llegar a la casa cómo estaban las cosas, solo atinó a responder que seguían igual y cambió el tema de forma abrupta:

—¿Y le compraste la muñeca a la Sandrita, amor?

Patricia cambió la expresión de su rostro, Gerardo había tocado la parte más delicada de su ser.

—Sí, ven conmigo.

Entraron a la habitación tomados de la mano como un par de recién enamorados. Patricia abrió sin hacer ruido la puerta del clóset para no despertar a la pequeña, sacó una gran caja de cartón y se la entregó a su marido.

—Mira, se va a volver loca cuando la vea.

Gerardo tomó la caja y, sentándose en la cama, la abrió con cuidado para no romperla. En el interior, la tierna figura de vestido rojo, rizada chasquilla y cabello negro como los de su hija, lo miraba en silencio. Gerardo la besó con ternura, cerró la caja y se la entregó a Patricia.

—¡Ah, negra! Esto es lo único bello que hoy nos queda en la vida, esta *huevá* de vida nos está matando cada día un poco más. Mañana no tengo que ir a la fábrica, así que dame algo de comer. Quiero acostarme temprano, amor, para dormir abrazado junto a ti, como hacíamos cuando teníamos una vida normal. Mañana quiero despertar muy temprano para jugar todo el día con la Sandrita.

Valdivia, 22 de agosto de 1973

La lluvia comenzó a caer como si una gran cortina de agua hubiera sido desplegada sobre los cielos de la ciudad.

—¿No querías ser soldado? —El teniente Donoso acercó su entumecida humanidad a la gran chimenea del club de oficiales.

—Claro —respondió el teniente Albornoz—, para ti es fácil decirlo. Vas a dormir caliente esta noche, mientras yo debo hacer guardia. Si hubiera querido vivir entre tanta agua, habría entrado a la Armada.

—Bueno, amigo, lo elegiste, así que papá va a comer y luego se va a acostar para soñar con alguna minita… Mientras tú… ¡ja, ja!

—¡Ah cállate, huevón! Ya te va a tocar y seré yo quien se ría. ¿Qué hora es?

—Las diez.

—¡Las diez! Tengo que irme, el capitán Carmona debe estar sentado arriba del camión, sabes que ese hombre está casado con el reloj y hasta respira según lo que indiquen los minuteros.

—Ya, amigo, que todo salga bien.

—Gracias. —El teniente Albornoz terminó de un sorbo el jarro de café que permanecía entre sus manos.

Hacía meses que la ciudadanía presentía que algo sucedería en el país. Para bien o para mal, el Chile que conocían había comenzado a cambiar lenta pero brutalmente. Las manifestaciones en la ciudad eran cosa de todos los días, la milicia había recibido la orden del presidente Allende de tener mano dura frente a aquellos que atentaran contra la estabilidad del gobierno establecido de forma constitucional. Hacía semanas que una serie de bombazos, sistemática y misteriosamente planeados por quizá quiénes, dejaban las ciudades a lo largo del país sin suministro eléctrico, al ser voladas las torres de alta tensión. Cosa extraña, esto ocurría sin que las autoridades encontraran a los culpables, y este hecho se repetía de forma gradual, aumentando el temor en el país.

Aquella noche no había sido la excepción. El camión que transportaba al teniente Albornoz se detuvo frente a una de las torres destruidas, a través de la radio habían recibido las coordenadas desde el retén de Carabineros:

—¡Vayan a la torre de Curiñanco, acudan de inmediato!

La lluvia caía con intensidad. El capitán Carmona ordenó a los soldados que bajaran y comenzaran a rastrear en el lugar en busca de algún indicio. El teniente, acompañado de tres soldados y un cabo, partieron a la carrera, mientras el capitán Carmona y los demás hombres examinaban los restos de la torre.

El teniente Albornoz tenía marcado a fuego en su mente aquel lugar.

—¿Curiñanco? —preguntó Mariana cuando le contó la expedición, mirándolo a los ojos.

—Sí, Curiñanco. En mapudungun, la lengua de los mapuches, significa "águila negra".

Esa mañana habían llegado muy temprano a disfrutar el denominado santuario de la naturaleza. La muchacha cocinó y ambos planeaban disfrutar de un pícnic, tal como habían visto en una película. El teniente Albornoz recordaba lo entusiasmado que estaba con la idea. Él, como santiaguino, jamás había disfrutado de un pícnic en la naturaleza, había sido Mariana quien lo invitó. Ese día estuvo a punto de proponerle que fuera su polola, pero consideró esperar al 12 de septiembre, día del cumpleaños de la muchacha, para hacerlo. En aquella ocasión, sin embargo, le dio ese primer beso que cambió su vida. Siempre había sido timorato en lo concerniente a las mujeres, y ese día se había dado cuenta de que en verdad estaba enamorado.

—¡Mi teniente!

El joven oficial volvió a la realidad de forma brusca. Frente a él estaba el soldado Bustamante.

—Allí hay unas huellas, pero la lluvia no ayuda mucho; en realidad, casi ni se notan, pero parecen de un *jeep* militar. ¿Qué cree usted?

—¿Creer, soldado? A estas alturas no sé qué creer.

Los hombres volvieron al camión e informaron al capitán Carmona.

—Debe ser una patrulla que pasó por aquí antes de nosotros. Estos comunistas nunca dejan rastros, los huevones son expertos para eso, pero para gobernar tienen la *cagá*… Bueno, soldados, ¡arriba! Tenemos que seguir patrullando, la noche es larga.

El sonido del mar proveniente de los acantilados azotados por el frío viento costero le pareció, al menos a él, el único santiaguino de la patrulla, avivar y dirigir con su desquiciado compás el frenético bailoteo de la floresta. Copihues, olivillos, arrayanes, canelos, lingues, melis y murtas parecían moverse al unísono bajo el ritmo de un misterioso conjuro, mientras el cielo se iluminaba entre trueno y trueno, derramando el agua acumulada sobre el camión y haciendo que el conductor detuviera cada cierto tiempo la marcha para luchar con los pedazos de ramas y las hojas que se enredaban en las cada vez menos activas varillas del limpiaparabrisas. No sin razón estuvieron a punto de chocar con algún árbol un par de veces, o de quebrar los ejes al saltar abruptamente sobre un tronco podrido atravesado en el camino.

Santiago, 28 de agosto de 1973

La semana había comenzado como tantas otras en el país, con un cielo gris marcado y oscuro, a pesar del reinante sol de finales de agosto. La polarización política empezaba a nublar las mentes y marcar la separación definitiva y sin retorno del país. En cada esquina se hablaba de forma solapada de que una guerra civil era el único camino para salvar la enferma democracia de la nación. Para algunos, esto significaba la toma definitiva del poder por parte del pueblo, con el objetivo de proteger la revolución del socialismo ante las amenazas del capitalismo yanqui; para otros, el levantamiento de las Fuerzas Armadas contra la dictadura del marxismo-leninista imperante. Ambas posturas, sin duda, como había proclamado el arzobispado en un manifiesto leído al país semanas antes, llevarían al mismo destino.

Los hermanos Urrejola vivían en carne propia el desorden y el caos. Sus hermanos mayores, a cargo de los cordones industriales de San Miguel, les reprochaban por no involucrarse en la lucha social, más de una pelea a puñetazos había tenido que detener su madre a la hora del almuerzo los fines de semana, cuando estaban juntos. Por su parte, las hermanas Echeñique habían recibido en varias ocasiones el ultimátum por parte de su familia: debían olvidarse de esa tontera de andar cantando por ahí y por allá.

—¡Es demasiado peligroso que se vayan a meter a esas poblaciones, niñas! Ustedes son unas niñas bien y esos...

—¿Esos qué, mamá? —Chany la miró con los ojos entrecerrados—. Usted sabe, mamá, que los Urrejola... al menos el Ignacio y el Diego, no se meten en nada, no les interesa la política. Además, son los mejores estudiantes de mi curso, serán unos excelentes ingenieros cuando nos titulemos.

—Pero ¡su familia es de la UP!

—Mamá —tomó su mano—, su familia nos tiene mucho cariño, nos cuidan cuando vamos a su casa. Has visto, cuando vienen a ensayar aquí, que son unos perfectos caballeros, como dirías tú; de política no hablamos.

—Bueno, bueno —el señor Urrejola se acercó a ellas—, no seremos quienes iniciemos una discusión, mujer, si los muchachos no lo hacen. Además, por lo que me ha comentado el padre del Polo Santelices… sabes que trabaja en la Universidad Católica… los chiquillos tienen bastantes posibilidades de ganar al concurso de talentos. Por lo que ha escuchado tras bambalinas, como se dice, estos cabros son bastantes buenos y tienen hasta el momento las preferencias del jurado.

Los días transcurrían en este ambiente, la situación en el país parecía no mejorar. El presidente Allende anunció en cadena radial que el general Carlos Prats, comandante en jefe del Ejército y uno de los puntales en su alicaída gestión, había renunciado a su cargo. Además, informó al país que nombró en su lugar al general Augusto Pinochet Ugarte. Este y otros cambios al interior del gabinete, anunciados por el presidente, disminuyeron la tensión que reinaba, y debía marcar un nuevo camino para la consolidación de la democracia y la institucionalidad del país.

Nacho Urrejola abrió los ojos, se había quedado dormido. El trayecto de la micro había demorado más de lo acostumbrado, ya que la Alameda estaba cortada en cuatro partes, producto de los incidentes entre obreros y carabineros, por un lado, y con los estudiantes de secundaria atrincherados en las dependencias de la Escuela de Derecho de la Universidad de Chile y en la Biblioteca Nacional, protestando por la inminente puesta en marcha de la ENU. La Escuela Nacional Unificada era el proyecto estrella diseñado por el gobierno para establecer una enseñanza equitativa e igualitaria para los jóvenes del país, sin importar su posición social.

Los hermanos Urrejola habían dejado las oficinas de asuntos estudiantiles de su universidad hacía tres horas. Las dos primeras trascurrieron tratando de encontrar una micro que los llevara a su hogar, un par de días atrás los empresarios del gremio habían decidido acogerse a un paro nacional del transporte. A raíz de esto, la ciudadanía solo tenía acceso a los buses de la ETCE, la Empresa de Transportes Colectivos del Estado, los cuales cubrían un porcentaje muy bajo de las necesidades diarias del transporte de la gran ciudad. A eso se sumaban las dificultades que vivían a diario los chóferes de los buses, como resultado de los disturbios que se producían en las calles del centro; de forma irremediable, esto los obligaba a buscar calles alternativas en su recorrido para impedir que sus máquinas fueran apedreadas por los manifestantes. Tal situación dificultaba aún más la vida para las personas, que muchas veces debían adivinar por dónde pasaría el bus que los llevaría a sus destinos. Aquel día no había sido la excepción.

En aquella ocasión, ambos acudieron temprano a la oficina de asuntos estudiantiles de la universidad, en busca de unos papeles requeridos por la municipalidad de San Miguel, ya que el gabinete del alcalde quería saber cuál era su situación en la universidad. El propio alcalde había gestionado la beca que permitía a los hermanos acceder a estudiar, y esta había cumplido casi dos meses en paro. Eso se los hizo ver el funcionario de la municipalidad apenas entraron, mientras se paseaba sin dejar de hablar por la vetusta y señorial oficina.

Los hermanos lo miraban en silencio para evitar cualquier problema, tal como había instruido su madre. Era mejor observar el alto techo o divagar con el largo cable, del cual colgaba una impresionante lámpara de lágrimas.

—Mira, Nacho —musitó Diego al oído de su hermano—, ese papel de las paredes se parece al de la sala de profesores de la…

—¡Esto no puede ser, compañeros! —dijo el secretario del alcalde—. El compañero Palestro en persona gestionó la beca presidencial para que ustedes, hijos del pueblo, pudieran estudiar en una universidad. ¿Y qué hacen, compañeros? ¡Se dedican a cantar con tres momios *hippies*, enemigos del pueblo! No, compañeros, esto está mal. Ustedes son el pueblo, y el pueblo debe defender al pueblo… ¿Qué han hecho para impedir que los momios paren la universidad? El compañero dirigente del partido en la universidad me ha informado que ni siquiera asisten a las reuniones del Frente de Estudiantes Revolucionarios … Es decir, sus hermanos se sacan la cresta en la fábrica en la lucha de clases, tienen organizados a sus compañeros para la defensa del compañero Allende, si es que llegara a pasar lo que todos estamos esperando… ¿Y ustedes? ¿Se creen diferentes acaso porque están en la universidad?

Ambos se miraron sin saber qué responder. Sus hermanos mayores siempre habían estado metidos en la política contingente al igual que su padre, un antiguo dirigente del gremio de la construcción. Sin embargo, a ellos la música les había cambiado la forma de ver la vida. Su familia siempre había visto de muy lejos a aquellos que poseían más dinero, a quienes se referían como "momios". De alguna forma, la música los acercó a aquellos llamados paltones de forma peyorativa. Claro, no cabía duda de que para ellos la universidad representó un cambio sideral: desde la cuna habían visto a quienes vivían en el barrio alto como a los enemigos del pueblo, aquellos rubios de ojos azules que por décadas explotaron al más pobre. Esos eran a quienes el presidente Allende combatía desde su puesto, el pueblo debía apoyarlo para lograr por fin la igualdad tantas veces llorada. No obstante, al fin y al cabo, ¿no eran todos hijos de un mismo país? Las hermanas Echeñique y Polo Santelices les habían mostrado otra realidad, les dieron su amistad por lo que valían como personas, y la música los convertía en iguales. Nunca los habían cuestionado por ser hijos de un obrero, no; sin duda alguien estaba equivocado, las palabras del secretario del alcalde así lo demostraban.

Ignacio le dio un pisotón a su hermano menor y se adelantó para responder al funcionario de la municipalidad:

—Sí, compañero, tiene razón en todo lo que dice. Lo que pasa, para que sepa usted, es que queremos que por fin un par de representantes del pueblo ganen en ese programa de la tele. Usted sabe, compañero, que en ese canal momio los ricos llevan todas las de ganar. En esta ocasión, por lo que nos han dicho, nosotros somos buenos y les será muy difícil dejarnos afuera. ¿No ve, compañero, que así dejamos fuera a todos esos hijitos de su papá que se las llevan *pelá*? ¿O qué cree que van a sentir si gana nuestro conjunto? En el grupo, como usted dice, hay tres paltones, pero también dos hijos de un obrero de la construcción, eso les va a doler. Por eso no podemos acudir a las reuniones en la universidad, compañero, debemos ensayar para ganarles.

El hombre se puso de pie y paseó por la oficina durante unos instantes.

—Miren, cabros. El compañero Palestro está muy intranquilo por los estudiantes por quienes se preocupó en persona para que obtuvieran la beca del gobierno y estudiaran en la universidad… Saben que este es un proyecto muy importante para el gobierno: en la medida que el estudio sea igual para todos, Chile será diferente y más justo.

—Sí, compañero —Nacho habló con voz firme—, de eso estamos seguros. No por ser amigos de algunos que tienen plata hemos olvidado adónde pertenecemos.

Valdivia, 5 de septiembre de 1973

El teniente Albornoz apretó con fuerza la mano de Mariana, esa tarde se reunieron temprano y decidiendo cómo pasar el tiempo, entraron al cine. La película rusa que vieron mostraba la crudeza de la Segunda Guerra Mundial y las atrocidades sufridas por el pueblo ruso con la invasión de los alemanes a las ciudades.

Una vez terminada la función, salieron en silencio. La muchacha estaba muy alterada.

—¡Esos fascistas! Me dan mucho miedo. ¿Crees que aquí va a pasar algo grave? Muchas veces leí que en mi país todo era caos antes de Fidel y que el gran culpable era Estados Unidos. Hacían muchas cosas malas y querían que los cubanos no siguieran a Fidel y sus ideas de revolución para ayudar al país… Ahora los diarios dicen que Estados Unidos apoya a la oposición para que caiga el presidente Allende, mi papá me lo ha comentado muchas veces, al igual que los compatriotas que se reúnen en mi casa. No entiendo mucho de política, tú *sabe*, eso no me interesa ni me ha importado nunca, pero tengo mucho miedo de que algo pase en tu país y tengamos que irnos… Soy muy feliz aquí, a pesar de todo, y no quiero irme nunca.

El teniente Albornoz tragó saliva sin saber qué decir… o tal vez sí sabía, y mucho. En ese momento recordó las palabras del coronel Donoso, ¿tendría su superior razón en lo que le había dicho?

—¡Vamos, no tienes nada de qué preocuparte! Además, dentro de poco es tu cumpleaños, esa es una buena fecha para que me enseñes por fin a bailar la salsa. Te he visto con envidia bailar con tus amigos cubanos; créeme, en el regimiento se burlan de mí por salir con una cubana y quedarme sentado en una silla cuando bailas tu música.

Mariana lo abrazó, mirándolo a los ojos.

—¡Ah, esa es una promesa! Eres mi invitado principal, el más importante, y de mi casa no sales sin haber bailado conmigo toda la noche.

—Además, ese día te quiero hacer una pregunta muy importante…

—¿Una pregunta? ¿Qué es lo que tú quieres preguntarme a mí? ¡Pregúntamelo ahora, no seas malito!

—No, Mariana, quiero hacerlo el día de tu cumpleaños. Falta muy poco y es solo una simple pregunta. Una pregunta importante, pero una pregunta al fin y al cabo.

Santiago, 11 de septiembre de 1973

El teléfono sonó con insistencia.

—¡Polo, Polo! ¿Escuchaste la radio?

El muchacho se restregó los ojos y dio un largo bostezo.

—¿La radio? ¿Por qué?

—¡Pero, Polo! —Chany Echeñique tenía el ceño fruncido—. Hay un golpe militar, los milicos se están tomando el poder.

—¡¿Qué?! —Polo no comprendía lo que estaba escuchando—. ¡Putas, pero si hoy tenemos el ensayo final para la presentación del sábado! ¿Cómo se les ocurre a estos milicos de mierda hacer esta *huevá*?

—Llama a tus papás, será mejor, deben estar preocupados. A ti no más se te ocurre irte a vivir solo en estos tiempos.

—Sí, los llamaré. Chao.

El muchacho colgó el auricular y se dirigió a la ventana del departamento. Desde el quinto piso donde se encontraba, advirtió que algo en verdad inusual sucedía allá abajo. A pesar de la hora, una gran muchedumbre se apoderaba de la calle; todos en silencio, todos caminando como si buscaran una explicación. Se dirigió a su dormitorio decorado con multicolores pósteres de bandas de *rock* y buscó el reloj, eran las ocho y treinta de la mañana. Bostezó de nuevo, había estado practicando unos acordes en su guitarra hasta cerca de las cuatro de la madrugada, quería estar seguro cuando les tocara participar en el programa dentro de cuatro días. De forma más precisa, el sábado 15 debían presentarse en la gran final y no quería fallar a sus amigos, esos acordes siempre habían sido su debilidad y se propuso dominarlos.

¿Un golpe de Estado, eso había querido decir Chany? El muchacho encendió la radio y puso atención, muchas de las emisoras habían dejado de transmitir, aquellas en el aire solo emitían marchas militares. Se vistió con rapidez y mientras se preparaba un café, una voz interrumpió los sones marciales:

Atención, a partir de este momento damos paso a una red provincial y nacional de radiodifusión de las Fuerzas Armadas, se invita a todas las radioemisoras libres a conectarse a esta cadena. Con ustedes, se leerá a continuación la proclama de la Junta Militar de Gobierno.

Polo Santelices tomó el jarro de café y se sentó en la alfombra a escuchar. El hombre de la radio, un militar por su forma de hablar, leía una serie de reglas a seguir por la ciudadanía y explicaba el porqué del accionar de las Fuerzas Armadas.

"Parece que esta cuestión va en serio", se dijo. Recordó que sus padres vivían junto a sus hermanas en una casa ubicada a dos calles de donde él arrendaba, así que luego de llenar una pequeña maleta con ropa, terminó de arreglarse y cerró su departamento con llave para bajar la escalera y salir a la calle. Una larga columna de personas ocupaba las veredas, dirigiéndose con premura hacia sus casas. El reloj marcaba las diez con quince minutos cuando el joven llegó a la vivienda de sus padres; en aquellos momentos, lo mejor era no estar solo.

Antofagasta, 11 de septiembre de 1973

Gerardo despertó de un salto.

—¿Qué pasa, compadre?

—¡Gerardo, huevón! ¡Oh…! ¿No escuchaste la radio? ¡Se armó la *huevá*!

—¿Qué *huevá*? ¿Qué pasó, Lucho? —Gerardo se levantó de la improvisada cama de sacos donde había pasado la noche.

—¡Los milicos están haciendo un golpe de Estado, está saliendo por las radios!

—¡¿Qué?! —Lo miró, aún sin comprender.

—¡Lo que escuchaste! ¡Están diciendo que los milicos se están tomando el poder!

Gerardo se incorporó con rapidez. Todos sus compañeros estaban reunidos en el galpón-bodega, donde la fábrica almacenaba los fardos de cuero para la manufactura de los zapatos: gran cantidad de repuestos para las maquinarias de coser, algunos cientos de rodillos de hilos ordenados en cajas de madera enumeradas por letras y números, latas de pintura para dar color al calzado, y mil cosas más que se acumulaban por doquier.

Uno de los hombres había encendido una radio. A través de la emisora se escuchaban marchas militares y un locutor pronunciaba cada cierto tiempo las proclamas de la Junta de Gobierno.

—¿Y qué vamos a hacer, compañeros? —preguntó uno de los presentes.

—Yo —Gerardo se dirigió a la entrada seguido por algunos de sus compañeros— me voy para mi casa. Mi señora está sola con mi hija, eso es lo único que me importa ahora.

Antes de que llegaran a la puerta, esta se abrió con violencia para dar paso al interventor, seguido por una veintena de hombres que ninguno de los operarios de la fábrica conocía.

—¡Ya, compañeros! ¡Llegó la hora que tanto habíamos esperado! Los compañeros del Frente de Trabajadores Revolucionarios, aquí presentes, nos acompañarán para resistir a esos milicos culiados, ¡ya verán esos chuchas de su madre si tratan de sacarnos de aquí!

Ante estas palabras del interventor, los recién llegados empezaron a repartirse en las dependencias de la fábrica y, abriendo los sacos que llevaban, distribuyeron armas de fuego entre los trabajadores.

El corazón de Gerardo pareció estallar dentro de su pecho. ¿Qué le importaba empuñar un arma, si ni siquiera había sido capaz de matar un conejo en su campo natal? Patricia y Sandrita estaban solas, de alguna forma tenía que ir a protegerlas.

En silencio, los recién llegados comenzaron a tapiar las entradas con todo lo que encontraban a su paso.

—Tome, compañero. —Uno de los hombre le entregó una metralleta—. Usted, con alguno de sus compañeros, vayan al segundo piso y de ahí le disparan a cualquier huevón que se atreva a entrar… A no ser, *poh*, *iñor*, que sea un compañero suyo que quiera entrar a defender la fábrica, ahí nos avisa y le abrimos.

—Sí, sí, claro —respondió con nerviosismo para no llevarles la contraria, ya encontraría la forma de escapar para ir a su casa.

A pesar de estos deseos, las horas, las infartantes horas transcurrieron para ellos igual que el paso de una tortuga. El interventor les había advertido desde el comienzo que allí no se podía fumar, debido a las latas de disolvente almacenadas, y los trabajadores lo sabían, de modo que la incertidumbre se fue acrecentando. Las escasas radios que continuaban transmitiendo no daban noticias para enterarse de lo que sucedía afuera. Solo podían pasearse en silencio tratando de escuchar algún sonido desde el exterior y contar los millones de segundos que contiene una vida.

—Gerardo —dijo su compadre Lucho en voz baja y con una cara tan blanca como el papel—, yo también me quiero ir. Revisé todas las puertas, están cerradas a machote, compadrito. ¿Qué vamos a hacer? Esos huevones capaz que nos metan un balazo si les decimos que nos vamos, en la radio dijeron que van a bombardear La Moneda. Parece que ya cagamos...

El compadre Lucho no alcanzó a decir nada más, ya que una ráfaga de disparos los hizo saltar.

—¡Los milicos, llegaron los milicos! ¡Disparen, compañeros!

Un fuerte olor a pólvora se apoderó del lugar, mientras el sonido de los disparos tronaba en los oídos de Gerardo. El muchacho se abrazó a su compadre y dándole un fuerte apretón de mano, se despidió:

—¡Me voy, Lucho! No puedo dejar solas a mis mujeres. ¡Cuídate, hermano, y que Dios te bendiga!

Dicho esto, escudriñó a su alrededor. Todos estaban ocupados mirando por los ventanales, disparando o heridos, mientras otros recargaban las armas.

Gerardo se deslizó por una escala de fierro y subió a la azotea. El galpón de la fábrica estaba pegado a una hilera de *cités*, por los cuales podía escapar saltando de techo en techo. No le cabía duda de que Patricia estaría preocupada, lo que más le importaba era llegar pronto a su casa.

Avanzó hasta el entretecho, el ruido era tal que comenzó a patear unas fonolas sin preocuparse de que lo escucharan, hasta que por fin logró romperlas. Sin esperar un segundo más, introdujo su cuerpo por el orificio y salió, estaba libre de ese infierno para volver de donde nunca debió salir. Sin embargo, solo alcanzó a dar un par de pasos hasta que un grito a sus espaldas lo dejó helado:

—¡¿A dónde *vai*, huevón?

Gerardo se detuvo, mordiéndose los labios de susto.

—¡De guata al suelo, de guata al suelo!

Sin saber qué responder, solo atinó a obedecer a aquellas voces aún sin rostros, provenientes de algún lugar que no detectaba. Una vez en el suelo, vio una gran cantidad de bototos que se acercaban a él para comenzar a golpearlo hasta que todo se volvió negro.

La cabeza comenzó a darle vueltas como si estuviera sentado en un gran carrusel. Percibió a su alrededor algunos quejidos, así que abrió los ojos y se dio cuenta de que yacía de espaldas en un camión lleno de hombres apiñados unos sobre otros. Trató de tomarse la cabeza, pero descubrió que tenía las manos atadas a la espalda. Miró hacia todos lados tratando de ordenar sus ideas. Frente a él, un par de soldados vigilaba, solo en ese momento comprendió lo que sucedía.

No supo cuánto tiempo duró el trayecto. En algún momento, el camión se detuvo. Los dos militares, enarbolando sus fusiles, les ordenaban a viva voz que comenzaran a bajar:

—¡Vamos, mierdas! ¡Abajo todos de una vez!

Afirmándose unos a otros, los hombres bajaron de un salto. Gerardo se dio cuenta de que estaban en un regimiento, había cumplido el servicio militar algunos años atrás y conocía muy bien las dependencias militares. Aquel era El Esmeralda, el regimiento de infantería N.º 7. Una vez, cuando recién comenzaba a trabajar, había estado allí acompañando a un compañero de la fábrica que despedía a su hijo recién incorporado al servicio militar.

En eso pensaba cuando un fuerte y doloroso culatazo en la espalda lo hizo reaccionar. De pronto, descubrió que el resto de los hombres corría para formar una larga fila. Sin más, se apresuró a unirse. Había por lo menos una cincuentena de hombres, algunos conocidos de la ciudad y otros de su barrio.

—¡Vamos! —gritó un clase—. ¡Encierren a esos huevones en la bodega, hay que salir de nuevo! Aún hay enfrentamientos en algunas fábricas, mi mayor quiere que esto se acabe luego.

Los hombres fueron conducidos a punta de culatazos a un gran galpón de madera y techo metálico, situado a un costado del recinto militar; era el lugar donde se estacionaban los vehículos del regimiento. Mientras tanto, los camiones salían por el gran portón.

—¡Al suelo! Siéntense en el suelo de a dos, espalda con espalda y sin abrir la boca. Al primer huevón que hable, le vuelo la cabeza de un balazo. ¿Fui claro?

Miraron al capitán a cargo y asintieron con la cabeza.

A partir de ese momento, las horas, los días y tal vez los años pasaron, pasaron y pasaron; al menos eso le pareció a

Gerardo. Sentía que sus entumecidos brazos latían cada vez más a prisa, mientras sus nalgas ardían producto de las largas horas sin moverse.

En cierto momento, se fijó en que la luz de la tarde se había ido hacía mucho rato, la guardia había sido cambiada tres veces; mientras, el silencio del lugar era interrumpido cada cierto tiempo por las órdenes de los oficiales y los sub-oficiales, quienes regresaban con nuevos prisioneros. Durante ese tiempo, Gerardo vio solo a dos de sus compañeros de la fábrica, así que se preguntó qué habría pasado con los otros. Sabía que quedaban por lo menos cincuenta antes de su intento de escape. ¿Estarían muertos? ¿O seguirían luchando? De repente, un escalofrío estremeció su cuerpo: ¿Patricia y su pequeña Sandra estarían bien? ¿Qué pasaría si los militares buscaban a los familiares de los detenidos? "No, ni siquiera nos han preguntado los nombres… No, debo calmarme. Patricia sabrá qué hacer en este caso, estará bien y sabrá cómo proteger a la niña".

El destino algunas veces protege a los hombres. Luego de varias horas, el cansancio pudo más que el miedo y Gerardo se durmió apoyado en la espalda de su circunstancial compañero. No supo cuánto tiempo después, despertó a raíz de un grito, mientras las primeras luces del alba rompían la monótona y triste oscuridad del lugar.

—¡Vamos! ¡Arriba todos! ¡De dos en fondo, nos vamos al regimiento de Telecomunicaciones! ¡Arriba los huevoncitos, allá les tienen el café cargadito!

Comenzaron a levantarse de forma penosa, trastabillando producto del entumecimiento de las piernas. Cayeron y se levantaron una y otra vez como en un gran juego infantil, solo que aquella vez el premio de aquel irreal juego era recibir un alevoso y doloroso golpe en alguna parte del cuerpo; y si tenían mejor suerte, un escupitajo en el rostro.

Los hombres corrieron para subir por unas improvisadas rampas a los camiones que esperaban con los motores en marcha. Al cabo de unos minutos, el convoy compuesto por siete vehículos, cuatro camiones con prisioneros y tres *jeeps*, emprendió la marcha al regimiento de Telecomunicaciones N.º 1, donde la nueva autoridad estaba reuniendo a los prisioneros de la región.

Tras unas largas dos horas, llegaron al destino señalado. De nuevo, fueron obligados a descender de los camiones para ser encerrados de veinte en veinte en pequeños cobertizos sin ventilación, improvisados como calabozos. Gerardo llevaba casi dos días sin comer y su estómago comenzaba a protestar. Su único consuelo, sin embargo, y en ese momento lo agradeció, fue que les soltaron las amarras. Ese premio fue mejor que estar frente a un gran plato de arroz con carne asada.

Valdivia, 11 de septiembre de 1973

—¡Vamos! ¡Arriba todos con uniformes de campaña! ¡En diez minutos los quiero en el patio!

—¿Qué pasa, mi capitán? —preguntó el teniente Albornoz.

—¡Vamos a liberar a la patria de los comunistas, rápido! Todos a retirar sus armas y subirse a los camiones, nos vamos enseguida.

Acto seguido, el capitán Correa abandonó el dormitorio sin decir palabra alguna.

—¿Qué querrá decir? —Dirigió la mirada hacia su amigo, el teniente Donoso.

—Lo que escuchaste, Albornoz, se armó la revolución. Nos vamos a tomar el poder, huevón, parece que al fin cagaron esos chuchas de su madre.

El teniente Albornoz corrió a su casillero, buscó el uniforme de campaña y se vistió rápidamente. Al sacar el casco, un paquete que estaba guardado en su interior cayó al suelo. Al levantarlo entre sus manos, lo miró en silencio. Hacía un par de días que lo había comprado, se había roto la cabeza pensando en qué regalarle a Mariana para su cumpleaños. Aquella mañana tenía planeado levantarse muy temprano, había canjeado con un compañero el día de franco para asistir al cumpleaños de la muchacha y declararle su amor, ese día le preguntaría si deseaba ser su polola.

A pesar de ese plan, se encontró preguntándose qué estaba pasando. A su alrededor, los compañeros corrían para prepararse según lo ordenado por el capitán Correa. Saliendo de su ensimismamiento, guardó el paquete en su casillero y corrió al patio para reunirse con sus compañeros.

Una vez formados en el patio, el coronel Sepúlveda les informó:

—Señores, soldados de la patria, he recibido noticias desde Santiago. Hoy es un día histórico para el país. Las Fuerzas Armadas, en conjunto con Carabineros, han decidido liberar a la patria del yugo del comunismo-leninismo. He recibido órdenes precisas de tomar el control de la ciudad. ¡Hoy, soldados de la patria, hemos de marcar un nuevo camino en la historia de Chile!

El reloj marcó las cinco de la mañana. La larga fila de camiones comenzaba a dirigirse a los lugares que los militares designaron como estratégicos para el funcionamiento normal de la ciudad. La madrugada era fría y la espesa garúa se filtraba por la lona entreabierta del camión.

El teniente Albornoz, sentado en silencio y abrazado a su fusil, solo pensaba en Mariana. Ese día era su cumpleaños, se había preparado para declararle su amor por primera vez a una muchacha. En ese momento, en su cabeza daban vueltas las distintas frases que buscó durante innumerables noches mientras esperaba que el sueño lo venciera: "Mariana, yo quisiera pedirle que me hiciera tan feliz y aceptara ser mi polola". No, eso sonaba muy cursi y anticuado… "Mariana, ¿quieres ser mi compañera por toda la vida ". No, eso sonaba muy atrevido y parecía una pedida de matrimonio. En cambio: "Mariana, te habrás dado cuenta de que eres muy especial para mí… Mira, te tengo este regalo de cumpleaños, es un anillo y quiero hacerte una pregunta cuando te lo pongas… ¿Quieres ser desde hoy mi polola ante los ojos de todo el mundo?". Sí, eso sonaba convincente, así que lo había ensayado varias veces ante el espejo.

¿Y qué pasaría a partir de ese momento con la muchacha y sus sueños de amor? El temor ante la incertidumbre se apoderó del joven teniente, a medida que un frío presentimiento se adueñaba de su corazón.

—¡Vamos abajo todos!

El camión se había detenido. La gruesa voz del sargento Soto sonó fuerte en los oídos del teniente, mientras gritaba a los conscriptos del camión vecino para que se bajaran.

—¡Sí! ¡Sí! —El teniente Albornoz apremió a los soldados que lo acompañaban—. Vamos, abajo de inmediato.

Valdivia aún no aclaraba y los soldados comenzaron a formarse en una larga fila iluminados por los focos de los camiones. El mayor Wilson, un oficial alto y fornido de ascendencia inglesa y declarado anticomunista, estaba a cargo del operativo. La larga fila conformada por los oficiales, los clases y la tropa lo miraba en silencio, ni un suspiro se escuchaba en el lugar.

El mayor buscó entre sus bolsillos y encendió un habano.

—Vaya, si esto es lo único bueno que trajeron esos cubanos de mierda a este país, ya verán esos cabrones hijos de puta… Usted, capitán Yavar, junto con sus hombres se va a cuidar la Intendencia… Usted, capitán Bustamante, con los hombres del sargento Soto va a las oficinas de los ferrocarriles, saca a todos los extranjeros y los lleva al regimiento… Los demás —entregó un sobre a cada oficial y suboficial— tienen allí anotado a dónde les corresponde ir con sus hombres, es seguro que en la mañana tengamos nuevas órdenes desde Santiago, cuando la junta de generales saque a Allende del gobierno. Mientras tanto, cumplan sus órdenes. Si alguien trata de atacarlos, hagan lo que tengan que hacer. Hablé claro, ¿verdad?

—¡A su orden, mi mayor! —gritaron al unísono los hombres, cuadrándose.

Una vez arriba del camión, el teniente Donoso abrió su sobre.

—¡Vaya! Tengo que ir a Corral, ¿y tú?

El teniente Albornoz imitó a su compañero y leyó el contenido del sobre.

—¿A dónde nos toca ir, mi teniente? —El soldado Muñoz permaneció junto a él, expectante.

—Vamos a patrullar los fundos.

—¿Los fundos, mi teniente?

—Claro, soldado —respondió el teniente Donoso—, allí está lleno de miristas.

Luego de media hora de camino, el camión se detuvo. El teniente Donoso, junto a varios soldados, descendió para reunirse con los tripulantes del otro convoy y conversar con el teniente Albornoz.

—¡Vamos! —gritó el oficial a cargo—. Abajo todos los que quieran fumar, cinco minutos para fumarse un puchito.

Habían recorrido la mitad del camino entre ambas ciudades. Desde donde estaban podían ver, más abajo y a un costado del camino, la luna reflejándose en los afluentes de los ríos Calle-Calle y Cau-Cau.

Los hombres tiraron las colillas al camino de tierra y se dieron la mano.

—Bueno, amigo, ¡buena suerte!

—Igual a ustedes, muchachos.

—¡Gracias, mi teniente! —respondieron los soldados, mientras el camión reanudaba la marcha.

¿Qué iba a pasar con Mariana y su padre? Estaba seguro de que los llevarían al regimiento, pero ¿iban a fusilarlos? "No, son extranjeros. Seguro los tendrán detenidos hasta que todo se calme… Total, el padre de Mariana no es un extremista como dicen que son todos los cubanos que están en el país". A pesar de estos pensamientos, no dejaba de preguntarse si acaso estaba equivocado. ¿Qué pasaría si los cubanos que vivían en las dependencias de ferrocarriles intentaban defenderse? Sabía que provenían de un país acostumbrado a las armas. Con éxito y mucho derramamiento de sangre, Fidel Castro había encabezado una revolución. Recordaba que cuando visitó Chile, en sus discursos aseguró que los cubanos defenderían al compañero presidente hasta la muerte si fuera necesario. Se acordaba muy bien de eso, lo había visto en las noticias y la trasmisión televisiva. No, no podía dejarse llevar por el corazón, era un soldado chileno, como tantas veces había escuchado en la escuela militar, y primero estaba la patria. Gran orgullo había sentido al cuadrarse frente al director de la escuela al recibir la distinción como la primera antigüedad de la escuela, fue el mejor egresado de su generación. Sus padres y hermanas habían llorado de felicidad al ver al conchito de la casa convertirse en un flamante subteniente. Con esa misma emotividad lo despidieron al partir hacia Valdivia, la primera vez que se alejaba del hogar materno por tanto tiempo. En fin, era un hombre y un soldado.

"Bueno —se acomodó el casco y recibió un jarro de café del cabo que viajaba sentado a su lado—, esto ha de ser por poco tiempo. Lo que ha de suceder pasará luego, pronto regresaremos al regimiento. Allí estará Mariana junto a los demás funcionarios cubanos. Si todo sale bien, mi coronel Sepúlveda me autorizará a verla, por lo menos para saber cómo está. Además, debo entregarle su regalo y pedirle que…

—Mi teniente, llegamos a la intercepción del camino que lleva al fundo Las Loicas y al fundo Cucarro.

—¿Está seguro, soldado?

—Sí, *poh*, mi teniente, así decía el papel que me mostró. Soy de por acá del interior, mis taitas viven en un fundo que se tomaron los upelientos y ya me estaban preguntando cuándo íbamos a hacer algo.

El teniente Albornoz bebió el último sorbo de café y ordenó detener el camión.

En la oscuridad de una noche de invierno valdiviano, donde llueve por momentos, o de pronto toda el agua de los cielos se derrama junta sobre la tierra, todos los gatos parecen negros porque casi siempre la luna debe ceder y guardar su luz para otra ocasión más propicia. Habían tenido la suerte de verla reflejada en las aguas del Calle-Calle, mas, en ese momento, solo la fría humedad del lugar y el fuerte aroma a vegetación y tierra mojada llenaba sus sentidos.

—Bueno, muchachos, abajo rápido y en silencio.

Los esperaba el capitán Carmona junto a sus hombres.

—Bien, teniente, usted y sus hombres se harán cargo de la intersección del camino, por aquí pasan todos quienes llegan y salen de los fundos. Mis soldados y yo nos iremos a la carretera que está más abajo. Mantendremos la radio abierta y en frecuencia; cualquier cosa que vea, quiero que me avise de inmediato. Tenemos orden de detener a cualquier persona que se dirija hacia la ciudad.

—¿A cualquiera?

—A cualquiera, teniente, a cualquiera. Todos son enemigos hasta que nos ordenen lo contrario.

El día había llegado a Valdivia de forma gris, tan gris como el manto de dudas y desconcierto que envolvía al país. Con incertidumbres y temores, pero inmensas alegrías para unos, y con dudas, temores y gran pena para otros.

El teniente Albornoz miró su reloj, eran las ocho y media de la mañana. Dos camiones llenos de campesinos aparecieron por la entrada de uno de los fundos, así que el soldado que estaba junto a la entrada del camino les ordenó detenerse. Sin embargo, el primero de los camiones se le fue encima con el evidente propósito de arrollarlo.

Sin demora, el teniente Albornoz levantó su fusil y ordenó a grito pelado:

—¡Disparen a las ruedas! ¡Disparen a las ruedas!

En un segundo, el canto matutino de las aves dio paso a un interminable canturreo de sonidos y olores ajenos a la belleza del bosque nativo donde aquellos hombres comenzaban a escribir la nueva historia del país. El primero de los camiones recibió de lleno los disparos en sus ruedas traseras. El conductor perdió el control y se estrelló contra unos gigantescos pinos mañíos, mientras el segundo camión se detenía algunos metros más adelante y sus ocupantes comenzaban a bajar disparando a diestra y siniestra.

El teniente ordenó al cabo Pérez que se hiciera cargo del camión chocado, frente al cual sus ocupantes esperaban con las manos en alto y en silencio, sin mostrar indicio alguno de querer atacar a los soldados. En cambio, él y un grupo de pelados comenzaba a dispersarse y disparar a los hombres que habían descendido del segundo camión.

El fuego cruzado se mantuvo durante algunos instantes, hasta que uno de los hombres comenzó a gritar:

—¡Ya, general, nos rendimos! ¡No disparen más!

—¡Vamos! ¡Vengan acá todos con las manos en alto!

Al momento, ocho hombres, campesinos a juzgar por sus apariencias, se acercaron al teniente Albornoz con las manos en alto.

—¡Patroncito, patroncito! ¡Los que tenían las armas se fueron *pa* allá *pa'l* cerro! Eran el comandante Pepe y otros, ¡son como ocho los diablos esos! No tenemos *na* que ver con la cuestión esta, oiga. *Uste* sabe cómo es la cuestión, nos dijeron que teníamos que ir a cuidar al señor ese, el intendente, porque se iban a tomar el poder los milicos… ¿Ustedes vienen para eso, mi señor?

El teniente Albornoz no supo qué responder, así que giró hacia los soldados:

—Ya, traigan a esos hombres para acá y revísenlos por si tienen armas. Súbanlos a los camiones y les amarran las manos y los pies… Usted, cabo, llame al capitán Carmona, debe haber sentido los disparos y estará preguntándose qué chucha pasó aquí.

Pocos minutos después, el encargado de la radio tenía en línea al capitán Carmona:

—¡¿Qué mierda pasó ahí, teniente?! ¿Están todos bien? ¿Necesita ayuda?

—Tengo cerca de veinte campesinos aquí, mi capitán, amarrados y arriba de los camiones, pero dicen que cerca de ocho hombres armados escaparon hacia los cerros.

—Le mandaré unos camiones de recambio, teniente, y me llevaré a los prisioneros.

—¡Sí, mi capitán!

—Mientras informaré al coronel Sepúlveda lo que me ha contado. Cambio y fuera.

Santiago, 13 de septiembre de 1973

—¡Al fin terminó el toque de queda, todo un día encerrado!

—¿Y qué vamos a hacer? —Al otro lado del teléfono, Chany aguardaba la respuesta de Polo.

—Bueno, no sé. Estamos a jueves y el sábado es la gran final… bueno, si es que hay una final. La verdad ahora no sé, amiga. Además, estoy muy preocupado por el Ignacio y el Diego.

—¡Ah! No me digas nada, no hemos dormido con la Pía pensando en ellos. Polo, estoy muy preocupada por los muchachos, los quiero mucho y no podría soportar…

La muchacha fue incapaz de continuar, el llanto atascado en su garganta pudo más que las palabras que quería pronunciar.

—Ya, Chany, deben estar bien, encerrados en su casa al igual que nosotros, esperando que esto se termine.

A pesar de las reprimendas de sus padres, las hermanas Echeñique, en compañía de Polo, abordaron la Citroneta de su amigo y se dirigieron a la comuna de San Miguel. El toque de queda regía a las seis de la tarde, así que provistos de un salvoconducto conseguido por el padrino de una de las hermanas, los tres emprendieron el viaje. Las calles estaban casi desiertas, solo las transitaban aquellos que debían acudir a sus trabajos. A raíz de esto, tuvieron la precaución de salir temprano, el reloj marcaba once minutos para las diez de la mañana y los tres iban en silencio; las palabras, en ese momento, sobraban.

El vehículo dejó atrás la avenida Providencia y luego la Alameda y San Diego, hasta llegar a la Gran Avenida. Cada cierto tramo, una patrulla de militares los detenía para preguntarles cuál era su destino. Había sido buena la idea del salvoconducto, más de una vez calló a un oficialillo venido a macanudo al verlo firmado por un general.

—Sí, claro… Pasen, muchachos, pero tengan cuidado de dónde se van a meter.

La Citroneta prosiguió su camino más lento de lo que los jóvenes habían presupuestado, hasta que por fin llegaron a la dirección que buscaban. Muchas veces habían estado allí disfrutando de las empanadas caldúas y las humitas de la madre de los hermanos Urrejola. La señora Carmen los había atendido como a verdaderos príncipes cada vez que los visitaban luego de los interminables ensayos del grupo, o en las ocasiones en que tuvieron que estudiar hasta tarde en el departamento de Polo Santelices. En ese momento, sin que ninguno tuviera que decirlo, los tres se dieron cuenta de cuánto apreciaban a los hermanos Urrejola y cuánto valoraban su amistad.

El vehículo redujo la velocidad frente a la numeración que buscaban.

—¡Es ahí! —señaló Pía con la mano—. Pasaje Chañarcillo 7734, ¡bajemos!

La Citroneta se detuvo y los tres descendieron. Caminaron con lentitud hacia la puerta y golpearon. Esperaron algunos instantes, pero nadie respondió.

Polo se encaramó sobre la pandereta y gritó:

—¡Ignacio, Diego! ¡Soy yo, el Polo! ¡Vengo con la Chany y la Pía!

Nadie pareció escuchar el llamado, así que insistió hasta que una mujer de la casa de enfrente se acercó a los recién llegados.

—Caballero, en la casa no hay nadie y no creo que vuelvan.

—¿Por qué? ¿A dónde se fueron? —Chany abrió sus grandes ojos azules.

La mujer se le quedó mirando en silencio, la apariencia de los desconocidos le demostraba que no eran de aquel lugar, así que el temor y la desconfianza se apoderó de ella.

—No, no sé… Debo irme ahora a mi casa, mi marido me está esperando.

—¡Señora, por favor, se lo pido! —Pía se aproximó a ella—. El Ignacio y el Diego son nuestros amigos, usted tiene que habernos visto en la televisión… Somos sus compañeros de la universidad y del conjunto que está participando en Sábados Gigantes… pero por sobre todo, señora, somos sus amigos. Por eso estamos aquí. ¿Qué pasó con ellos?

—Sí, los reconocí cuando los vi… Mi comadre, la mamá de sus amigos, tiene una foto de ustedes que salió en el diario y la mostraba todas las veces que podía… Bueno, señorita, ayer en la tarde vino una patrulla de Carabineros y se llevó a la familia… Bueno, a los que quedaban. Los hermanos mayores de sus amigos habían estado defendiendo la fábrica donde trabajaban, así que ayer se llevaron al Nachito y al Diego junto a su mamá y a don Pedro… Bueno, ustedes saben… Les he dicho demasiado, ¡hasta luego!

—Sí, señora —respondió Polo—, hasta luego.

Antofagasta, 15 de septiembre de 1973

—¿Qué va a pasar con nosotros? No resisto más, ¡ya no más, por favor!

El hombre se había sentado frente a Gerardo, su rostro estaba hinchado y colorado como una gran manzana confitada, producto de los golpes recibidos. Acababa de regresar de un interrogatorio.

—¿Y qué querían saber, Escobar?

Los hombres lo miraron con compasión y sin disimular su miedo.

—Me preguntaron dónde tenía escondidas las armas… "¿Qué armas? Si yo no sé ni disparar una honda…". Claro está que mi primo era de los trabajadores revolucionarios, lo pillaron disparándole a los milicos en la calle y lo mataron. Esa noche fueron a la casa a buscar armas, y como yo vivo… bueno, vivía con él, me tomaron preso cuando llegué a dormir. Me pegaron hasta que se cansaron, pero ¿qué les iba a responder? Ni siquiera me gusta Allende.

La puerta se abrió y todos guardaron un sepulcral silencio, mientras el miedo se apoderaba de ellos. Un sargento de cuerpo grande y macizo, acompañado por tres soldados, entró con una fusta entre sus manos y comenzó a caminar con lentitud entre los prisioneros.

—¡Vaya, vaya! Cuanto gallito va a cantar en este regimiento. Todos, a la larga, tienen una verdad que contar, a cada uno le llegará su momento para hacerlo, tenemos todo el tiempo del mundo. ¡Pero… —golpeó la fusta contra el muro— desgraciadamente tenemos muy poca paciencia! El huevoncito que se quiera pasar de vivo la pasará muy mal.

Miren, cabros, allá adentro los interrogatorios no son muy, muy santos que digamos, así que háganla cortita y cuenten lo que sepan para que no les duela. De lo contrario, vean a su amiguito, coloradito quedó el huevón, como potito de guagua. Mi mayor tiene muy poca paciencia se los digo, así que los que van ahora a la funcioncita tienen que portarse bien.

»¡Soldados! Saquen a cinco de los caballeritos y me los ponen en una fila aquí afuerita de la puerta, la cuestión debe terminar luego.

Los soldados entraron y apuntando con sus dedos eligieron al azar a los afortunados. Gerardo había mantenido la cabeza gacha y los ojos cerrados a medida que escuchaba el monólogo, hasta que un puntapié le hizo levantar la cabeza.

—¡*Voh*, no te *hagai* el sordo! Te toca.

El muchacho apretó los puños y se puso de pie mirando a sus compañeros, quienes apartaron los ojos mientras los cinco hombres elegidos abandonaban el lugar.

Durante algunos minutos, los prisioneros y los soldados recorrieron en silencio un largo y estrecho pasillo. Gerardo era el primero de la fila, iba tras el sargento que encabezaba la comitiva. De pronto, el sargento se giró y, sin decir palabra alguna, lo golpeó en el estómago.

—A este huevoncito déjenmelo a mí solito, me debe una. Ustedes lleven a estos a la sala de interrogatorio… Soldados, ustedes no han visto nada.

—¡No, mi sargento! —contestaron los tres uniformados apresurando la marcha.

Gerardo se arrodilló sin levantar la cabeza, mientras una voz proveniente del pasado llegaba a sus oídos:

—Ven, sígueme.

El sargento buscó entre los bolsillos de su chaqueta y extrajo un manojo de llaves antes de abrir la puerta de una pequeña bodega. Apenas entraron, Gerardo vio a los ojos al hombre.

—¡Sargento Toro! ¿Qué está haciendo aquí en Antofagasta?

El sargento siguió mirándolo.

—Me vine de Talca porque me casé y pedí el traslado. ¿Y tú, Herrera? ¿Qué *hací* acá? No te veía desde que hiciste el servicio militar.

—También me vine para acá a trabajar, mi sargento. Me casé igual que usted y me vine en busca de una mejor vida…

—¿Y *estai* dedicado a la política también?

—No, mi sargento. Usted sabe lo que pienso de los políticos, muchas veces lo hablamos en el regimiento, ¿se acuerda? Nos decía que no servían para nada más que hacerse ricos y ayudarse entre ellos.

—¿Y entonces? ¿Qué *estabai* haciendo en esa fábrica, cabro de mierda? Ahora *estai* todo *cagao*, que te vengan a defender los huevones que te metieron en esta pelotera.

Gerardo bajó la cabeza y no supo qué responder. En realidad, no tenía la respuesta clara en su cabeza.

—Vi cuando te metieron al camión y entendí que no podía hacer nada… ¡Cabro huevón, por la puta! *¿Estai* ahora de terrorista? *Voh erai* el más inteligente de todos los *pelaos* de tu promoción, y del que más esperanzas tenía que iba a surgir. Al final, el resto volvió al campo a ordeñar vacas, pero a ti nunca te gustó eso.

Gerardo se sentó en una caja y relató al sargento Toro las peripecias vividas desde su llegada a Antofagasta. Luego de un instante de silencio, preguntó:

—¿Qué día es hoy?

—Quince, cabro. ¿Por qué?

—Mi Sandrita, mi niñita estaba de cumpleaños el 11 y le prometí que iba a estar con ella ese día. Nunca he faltado a su cumpleaños, se debe haber preguntado por qué no estuve con ella… Bueno, eso me pasa por huevón, ¿verdad?

—Por rehuevón, diría yo.

—¿Y cómo vamos a salir de esta, *pelao*?

—Déjame pensar… Mira, cabro, espero que no me hayas hecho leso, porque me puede costar la vida o, en el mejor de los casos, mi rango. El mayor Cereceda me debe una bien grande, lo salvé de que su señora lo pillara con la querida que tiene, así que hablaré con él. *Voh* mientras tanto *vai* a tener que quedarte con los otros prisioneros para disimular. ¿Eres bien hombrecito?

—¿Hombrecito?

—Claro, por *pelao*. ¿Pretendí volver con la cara sanita para que crean que soy un soplón? A ver, cierra los ojos, piensa en tu hija y aprieta los dientes… Toma, muerde este trapo y protégetelos.

Dicho eso, el sargento golpeó en reiteradas veces el rostro de Gerardo hasta hacerlo sangrar.

—Ya, cabro, si la *huevá* no te puede salir tan fácil… Ahora sígueme, te voy a llevar donde los otros.

Acto seguido, el sargento abrió la puerta y atisbando que no hubiera alguien, sacó al muchacho tomado del pelo y lo llevó hasta la improvisada celda, una gran bodega de adobe sin casi ventanas y con una ancha puerta de metal al centro. Era el lugar donde se guardaban los repuestos de los vehículos, pero se había transformado en una sofocante celda para los prisioneros.

—¡*Pelao*! —le gritó al guardia al llegar—. Abra la puerta, el señorito viene cansado y quiere dormir la siesta.

Aquella misma tarde, el sargento Toro se aprestó a conversar con su superior. Salió al patio y alcanzó a caminar unos pasos cuando una voz a su espalda lo llamó:

—¡Sargento, venga! ¡Vamos, rápido, tenemos órdenes de salir enseguida!

—¿Salir? ¿A dónde?

—¡Venga! —insistió el capitán Salinas—. Arriba del camión le explico.

—Pero, mi capitán, voy ahora a hablar con mi mayor Cereceda.

—¡No, hombre! Nos vamos ahora, al volver hablará con el mayor. Suba, le digo.

El sargento, sin saber qué hacer, acató la orden y subió al camión junto al capitán. Las puertas del recinto se abrieron y el vehículo abandonó el regimiento.

—¿Qué pasa, mi capitán? ¿A dónde vamos?

—Debemos ir a Mejillones.

—¿A Mejillones, señor? ¿Y qué vamos a hacer allá?

—¿Qué cree, sargento? Buscar prisioneros. Algunos carabineros del lugar encontraron sacos con armas enterrados entre la basura de una parcela y detuvieron a todos los que trabajaban allí.

—¿Y cuánto tiempo vamos a estar allá, mi capitán?

—¿Qué sé yo, sargento? A estas alturas ni sé en qué día vivo… El tiempo que sea necesario, hombre. ¿Por qué, tiene algo que hacer?

—¿Hacer? No, no, mi capitán, solo era una pregunta.

—Está bien, sargento. Ahora déjeme dormir, mire que no pego un ojo desde hace dos días.

El camión siguió el camino, mientras el cabo conductor y el sargento mantenían el más absoluto silencio en la cabina. Las ideas comenzaron a dar vueltas en la cabeza del sargento Toro, ¿qué pasaría con Herrera? El muchacho estaba abandonado a su suerte; si esta no le acompañaba, cualquier cosa podía pasarle.

Cerca de las tres de la tarde llegaron a su destino, la ciudad puerto, una de las mayores productoras de guano de la región, a exactamente sesenta y cinco kilómetros al norte de la Antofagasta. Los hombres descendieron del vehículo y entraron acompañados de los carabineros a la comisaría, donde se encontraban los detenidos. Era una casona antigua, a pocas cuadras de la vieja tenencia, acondicionada para la numerosa dotación de carabineros que servían en el lugar en ese momento. En el patio había veinte hombres atados y a la espera de que el capitán llegara por ellos.

Nada más entrar, el mayor de Carabineros se acercó para entregarles una lista:

—Ahora están bajo su responsabilidad, venga a mi oficina para que firme el parte. Después, si tienen hambre, los invito a almorzar. ¿Pueden, supongo?

—¿Poder, mayor? Es la mejor invitación que me han hecho en años. Salimos temprano a patrullar, al volver me ordenaron venir para acá…

—Bueno, ¿qué nos demoramos? Esta mañana faenamos una vaca que llevaban los detenidos, así que venga con sus hombres, la mesa está servida.

—Ya escuchó, sargento. —El capitán Salinas le entregó a Toro el listado—. Guarde esto en el camión y luego venga con los hombres a la mesa.

—¿Y los prisioneros, mi mayor?

—Bueno, sargento, supongo que no querrá invitarlos a almorzar… ¡Que esperen, los huevones!

—Sí, tiene usted razón.

Un rato después, los militares reían y disfrutaban del asado en improvisadas mesas, o donde quiera pudiera situarse un plato junto a un lugar para sentarse cómodamente. El almuerzo se alargó casi cinco horas, durante las cuales el sargento Toro apenas probó bocado, mientras la mayoría repetía hasta tres porciones de carne y ensaladas, acompañadas de sendos jarrones de vino tinto.

—Si no le gusta la carne, sargento, puede comer ensaladas. —El mayor lo miró con curiosidad.

—No, señor, no es eso… es que he estado medio mal del estómago y prefiero cuidarme. Usted sabe, con tanta salida es mejor no recargarse.

—¡Claro! ¡Ja, ja, ja! O tendría que parar el camión a cada rato para ir a cagar entremedio de las matas, y eso no se vería muy bien en estos tiempos… Bueno, tómese por lo menos un vaso de vino para que nos acompañe. ¡Salud por la nueva patria, señores!

—¡Salud! —Los invitados levantaron sus vasos.

Media hora después, el capitán Salinas se levantó y estrechó la mano de su superior.

—Bueno, mi mayor, ha sido un gran anfitrión, pero debemos volver al regimiento.

Los soldados se levantaron y Salinas les ordenó sacar a los prisioneros y subirlos a los camiones. Cerca de las once de la noche la comitiva arribó al regimiento de Telecomunicaciones. Los prisioneros fueron obligados a bajar de los camiones y Salinas se dirigió a la oficina de su superior para entregar el reporte de la tarea cumplida y el listado de prisioneros.

Desocupado de sus tareas, el sargento se encaminó raudo a las dependencias donde se encontraba su expupilo y se encontró al cabo de guardia.

—¿Cómo se han portado los señoritos en mi ausencia?

—Como niños de pecho, mi sargento. Todos pasaron por interrogatorio, estuvieron cantando durante la tarde, como usted dice, uno por uno y sin faltar ninguno. Ahora están durmiendo como unos angelitos, mañana los van a llevar no sé adónde. Mi mayor dijo, por lo que me contó el cabo Pérez, que necesitamos espacio para los nuevos que llegan.

—Está bien, cabo. Siga con su ronda.

El sargento sintió que el estómago se le revolvía. Aquel era el momento, o nunca lo lograría. Armándose de valor, se dirigió a la oficina del comandante y golpeó la puerta.

—¡Adelante!... ¡Ah, sargento Toro! ¿Cómo está? El capitán Salinas me informó que tuvieron un viaje sin problemas… ¿Qué necesita?

El sargento tragó saliva, pero se mantuvo firme.

—Mi mayor, tengo que pedirle un favor… un favor muy especial.

—Tome asiento, sargento. Le debo una, no crea que me he olvidado. Usted dirá.

—Bueno, mayor... resulta que entre los detenidos hay un exconscripto que sirvió conmigo en el regimiento de Talca.

—¿Y qué está haciendo aquí?

—Bueno, mayor, trabajaba en una fábrica de zapatos y el cabro huevón, como estaba cagado por la falta de alimentos y tiene una hija pequeña, se dejó llevar por los gallos de la fábrica, esa donde tuvimos harto jaleo. Cuando empezó la cuestión, se arrancó por el techo de la fábrica, lo vi salir porque estaba arriba con mis soldados... Bueno, ahí lo detuvimos y ahora está acá.

—¿Y, sargento?

—Bueno, mi mayor, escuché que mañana se llevan a los prisioneros a otro lugar y...

—Mire, Toro, han llegado esta mañana algunas personas de Santiago, personal de la DINA... sí, la Dirección de Inteligencia Nacional. Me han pedido de forma expresa el listado de prisioneros de esa y otra fábrica donde se produjeron los enfrentamientos más complicados, se los llevarán en un avión para no sé dónde, sospechan que entre los detenidos hay por lo menos diez importantes dirigentes del MIR de esta zona, mientras los otros detenidos comenzarán a ser dejados en libertad. ¿Está seguro de lo que dice? Mire que me pide que arriesgue el culo.

—Conozco muy bien al muchacho, mi mayor; de lo contrario, no me habría atrevido a venir a hablar con usted.

Cereceda se paseó por la oficina durante largo rato, el silencio se apoderó del ambiente. Luego, extrajo una cajetilla del bolsillo de su uniforme y se acercó a Toro.

—Tome un cigarro, sargento, mientras pienso qué responder.

El hombre tomó el cigarro y tras buscar su encendedor, ofreció fuego al mayor antes de sentarse en un sillón a aspirar el humo con nerviosismo.

Le pareció que las paredes pintadas de un riguroso color blanco hacían que la hilera de fotografías, enmarcadas y colgadas de dos en dos por todo el contorno, sobresalieran más de la cuenta al filtrarse la luz de los tubos fluorescentes por el espacio existente entre el marco y el muro. "Tal vez —pensó—, los clavos son demasiado largos". El mayor Cereceda había sido un destacado atleta en su época escolar y luego en la Escuela Militar, cada fotografía mostraba sus hazañas tanto en el extranjero como en el país. De hecho, a pesar de sus cincuenta años, conservaba una figura que causaba envidia entre sus contemporáneos.

El sargento encendió un segundo cigarrillo y esperó. De pronto, el mayor se detuvo y lo miró a los ojos.

—Verá, Toro, me la voy a jugar por usted, le debo una muy grande. Gracias a usted salvé mi matrimonio, pero desde ahora estamos a mano. Sacaré a ese muchacho de la lista. Venga, aquí tengo el listado… ¿Cómo se llama el cabro?

—Herrera, Gerardo Herrera.

El mayor Cereceda abrió una carpeta y extrajo varias hojas.

—Herrera, Herrera… sí, aquí está. Bueno sargento —tomó su lapicera y borró el nombre de la lista—, estamos a mano. Ahora la parte más complicada la tiene que hacer usted, en eso no lo puedo ayudar. A las cinco de la mañana los detenidos deben estar listos para salir hacia el aeropuerto, así que depende de usted cómo lo hará. Al menos su amigo no está en la lista; por lo que me concierne, nunca ha estado detenido en este regimiento y en el séptimo de infantería no se revisaron los documentos. ¿Comprende?

—Sí, mi mayor, sí, muchas gracias. ¿Permiso para retirarme, mi mayor?

—¿Retirarse? Pero si nunca ha estado aquí, sargento.

—Sí, claro que sí, mi mayor. Buenas noches.

—Sí, sargento, buenas noches.

El sargento Toro salió del despacho de Cereceda, había logrado lo más importante y esperaba no haberse equivocado. Confiaba en el conscripto Herrera que había conocido hacía siete largos años; el tiempo, sin embargo, había pasado y muchas cosas cambiado en el país. Sabía que esos cambios habían transformado el alma y el pensamiento de sus habitantes.

Miró la hora, el reloj marcaba la una de la madrugada. Cuatro horas después los detenidos serían subidos a los camiones, no podía esperar, así que se dirigió a la zona donde permanecían los prisioneros.

—Sargento, ¿está desvelado?

—Cállate, *pelao*. Como si no tuviera nada que hacer, me mandaron a buscar a uno de estos huevones para interrogarlo, creo que estaba en la penúltima bodega.

—¿Y cómo se llama?

—¿Y qué sé yo, hombre? Lo conozco de vista porque lo llevé a un interrogatorio.

Recorrieron en silencio el largo pasillo hasta llegar a la bodega.

—A ver, abra la puerta de una vez para llevarlo.

El soldado buscó las llaves, abrió la puerta y encendió la luz. Los hombres se cubrieron los ojos y comenzaron a hablar en voz baja.

—A ver, ¿qué pasa? ¿Tienen alguna queja del hotel?

Nadie respondió y lo quedaron mirando en silencio. Toro escudriñó a su alrededor hasta que sus ojos se encontraron con los de Gerardo. El muchacho tenía el rostro hinchado y los labios rojos cubiertos por una gruesa costra de sangre.

—Es ese, cabo, ese es el que me pidieron llevar.

—¡Vamos, arriba! Te toca otro paseíto.

Gerardo se levantó y salió en silencio.

—Bien, cabo. Cierre la puerta, a las cinco se van sus huéspedes a otro hotel.

—Sí, mi sargento, ya nos avisaron. A las cinco en punto tienen que salir, así que debo tenerlos arriba de los camiones.

—Bien, cabo, que tenga una buena noche.

—Sí, mi sargento, usted también.

Ambos se alejaron por el extenso pasillo, mientras el sargento Toro susurraba:

—¿Qué te hicieron, muchacho?

—Ya no importa, sargento, ya no importa. ¿A dónde vamos?

—¡Cállate, cabro de mierda! Déjame pensar… A ver… sí, eso es… Sígueme en silencio y camina muy calmadamente, como si nada pasara.

Cruzaron el amplio patio y se dirigieron a los estacionamientos. Una vez allí, el sargento buscó los *jeeps* y sacó las llaves del compartimiento de uno de ellos.

—Ya, cabro, métete de cabeza en el piso y quédate callado. Te voy a tapar con esta manta y voh mientras tanto te *poní* a rezar hasta que te avise.

Dicho esto, encendió el motor y se dirigió a la puerta con paso lento, mientras Gerardo obedecía sus órdenes.

—¿Quién va? —preguntó el guardia que hacía su ronda junto a la reja de entrada.

—Cállate, cabro. Soy yo, el sargento Toro. Voy a ver a una minita que me está esperando, vuelvo en un rato más. Me *abrí* la puerta callado y piola, mira que si se sabe y mi mujer se entera, te mato.

—No se preocupe, mi sargento. Vaya tranquilo y échese una por mí.

El vehículo emprendió la marcha y se alejó del regimiento. Transcurridos algunos minutos, el sargento levantó la manta.

—Ya, cabro, deja de rezar, levanta la cabeza y respira, respira muy profundamente, porque *estai* libre.

—¿Libre, sargento?

—Sí, cabro, libre, pero libre para que no te *metai* más en huevadas que no te importan.

—¿Qué quiere decir, sargento Toro? ¿Me puedo ir?

—Sí, cabro, *estai* libre para que *volvai* junto a tu señora, *podai* abrazar a tu hijita y entregarle ese regalo de cumpleaños que me contaste le habían comprado.

Valdivia, 16 de septiembre de 1973

Habían pasado cuatro días. Durante esas noventa y seis horas, muchas cosas ocurrieron en la ciudad y el país. Chile tenía, a partir del 11 de septiembre, un nuevo gobierno. En la madrugada del 12 de septiembre, luego de recibir las informaciones del golpe de Estado a través de las radios, miembros del Movimiento de Izquierda Revolucionaria (MIR) y del Movimiento Campesino Revolucionario (MCR) asaltaron la tenencia de Carabineros de Neltume. Actuaron alrededor de setenta y cinco personas armadas contra los cuatro carabineros del retén. Durante el enfrentamiento se conminó a los carabineros a rendirse, entregar sus armas y resguardar el gobierno de Allende. Los efectivos contestaron disparando sus armas de servicio al aire y replegándose después de un largo intercambio de fuego con los atacantes, acción que sería recordada y perpetuada en bronce en la historia de Valdivia.

A pesar de eso, durante aquellos cuatro días el teniente Albornoz no había dejado de pensar en Mariana y en el amor que le quemaba el pecho. No estaba seguro de poder aguantar más tiempo sin saber qué había sido de ella. Las noticias recibidas por radio y de boca de los soldados, quienes les habían llevado los ranchos y mudas de ropa durante ese tiempo, eran lo único que lo mantenía al tanto de lo que ocurría en Santiago. Sin embargo, ninguno de ellos sabía qué pasaba en su regimiento.

Al cuarto día, mientras era carcomido por estos pensamientos, el cabo a cargo de la radio lo llamó:

—¡Mi teniente! Dice mi capitán que debemos volver, las cosas están calmadas.

—¿Al regimiento? —Aquella era la orden que había esperado durante largas jornadas. Se persignó y ordenó a la tropa guardar todas las cosas en los camiones—. ¡Ya, muchachos, volvemos al regimiento!

Los soldados dieron un grito de júbilo y comenzaron a desmontar el campamento. En poco tiempo estuvieron listos y los dos camiones emprendieron el añorado regreso.

—¡Ah, mi teniente! —dijo el cabo Pérez—. Prometo que nunca volveré a decir que tengo la cama más dura del regimiento. Mire que después de dormir cuatro noches sobre las piedras del cerro, cualquier colchón será más blando ¡que esas piedras que se me incrustaban en las costillas!

—De eso estoy seguro, cabo, se lo doy firmado.

Luego de un par de horas, las horas más largas en la vida del teniente Albornoz luego de que el destino o la suerte se confabularan para hacer más lenta la marcha, tras tener que cambiar primero los neumáticos a su camión, y luego de media hora reparar el radiador del segundo, por fin arribaron a las puertas del regimiento. El corazón del teniente Albornoz comenzó a latir con fuerza en una mezcla de temor e incertidumbre. Una vez adentro, descendió del vehículo. El día estaba soleado, mucho frío había pasado entre los matorrales. Él, un señorito de la ciudad regaloneado por su madre y sus tres hermanas, nunca se habría imaginado pasando la noche en una carpa en la playa, antes su madre se habría muerto de miedo pensando en lo que podría pasarle a su regalón. Recordaba eso mientras se rascaba la cabeza, luego de sacarse el casco.

De pronto, un soldado se acercó a él corriendo:

—¡Mi teniente, mi teniente! Mi coronel Donoso dice que cuando se bañe y cambie de ropa, vaya a su oficina.

—¡Sí! Gracias, soldado, así lo haré.

Media hora más tarde, la puerta se abrió y el teniente Albornoz se cuadró frente a su superior.

—¿Me mandó a llamar, mi coronel?

—Sí, teniente, tome asiento. Primero que todo quiero felicitarlo, el capitán Sepúlveda me ha informado que detuvo un par de camiones con miristas, eso será anotado en su hoja de servicio.

—Gracias, señor, solo cumplí mi deber.

El coronel abrió una gaveta de su escritorio, sacó un par de vasos y extrajo una botella de coñac para llenarlos. Luego le entregó uno al teniente.

—Mire, Albornoz, sé lo que me va a preguntar, lo veo en su cara. Sé lo que pasa con cada uno de mis soldados en este regimiento, es mi deber y mi compromiso con ustedes; desde cuándo le duele la guata al último de los conscriptos hasta cuándo le dan mañas y pataletas al mayor Wilson. A nadie en el regimiento le ha resultado un secreto su relación con esa muchacha cubana, Albornoz... Mire, teniente, en las circunstancias que vive el país, todos los extranjeros traídos por Allende son enemigos de Chile, eso usted lo sabe.

—Lo sé, yo...

—... Y lo sabe la Junta de Gobierno. Mi deber como comandante de este regimiento y nuevo gobernador de Valdivia es dejar el tema así y punto. Sin embargo, teniente, usted ha demostrado ser un buen soldado, un buen chileno y un buen patriota.

—¿Qué me quiere decir, señor? ¿Le pasó algo a Mariana? ¡Dígamelo, por favor!

—Mire, teniente, esto no se lo está diciendo su comandante, sino su jefe de trabajo. Quiero que lo deje así y no se lo comente a nadie… La madrugada del 11 fueron trasladados aquí todos los extranjeros traídos por el gobierno de Allende; en su mayoría, cubanos y algunos de otras nacionalidades. No se preocupe, teniente, ninguno opuso resistencia al detenerlos, fueron traídos al regimiento para interrogarlos, entre ellos su amiga y su padre.

—¿Y dónde están, mi coronel? Si es que puedo preguntarle…

—Sí puede, teniente. Fueron embarcados en un avión hasta Santiago y abandonaron el país sin problemas, ya que poseían pasaporte diplomático. Se ve que el señor Castro sabe cómo cuidar y proteger a sus ciudadanos; aunque quisiéramos, nada podíamos hacer contra ellos… Mire, teniente, tengo un hijo de su edad; claro está, no le gustó nunca la milicia y prefirió estudiar en la universidad para ser ingeniero comercial, decía que había muchos milicos en Chile y prefería dedicarse a otra cosa… En fin, Albornoz, espero que esto quede entre nosotros: antes de abandonar el regimiento para dirigirse a Santiago, su amiga pidió que me entregaran un sobre para usted. Yo, teniente, he de ser sincero, al comienzo pensé en quemarlo, pero luego recordé a mi hijo y guardé el sobre en mi escritorio, a la espera de que usted llegara. No lo he abierto porque sé que no me corresponde saber su contenido; sin embargo, le pido que olvide quién le entregó el sobre, yo jamás lo he visto.

El teniente Albornoz levantó su mano y guardó en su guerrera el sobre.

—Mañana a primera hora quiero en mi escritorio un reporte de lo que sucedió en estos cuatro días allá en los fundos donde estuvo de guardia.

—Sí, mi coronel. —El teniente se cuadró ante su superior—. Mañana a primera hora estará en su escritorio.

Un momento después, salió de la oficina y se dirigió sin demora a su barraca. Sentía que el pecho le quemaba, Mariana estaba a salvo y eso era, en las circunstancias que atravesaba el país, lo más importante. Solo quería abrir el sobre y leer su contenido.

Entró corriendo a su habitación, buscó la llave de su casillero con nerviosismo y lo abrió. Allí estaba aún el paquete envuelto en papel de regalo, así que lo tomó y lo guardó en su bolsillo. Respiró hondo antes de sentarse sobre la cama, extrajo el sobre y lo abrió. El contenido consistía en una hoja escrita a mano con lápiz de grafito:

Mi teniente querido, le he pedido a tu comandante que me permita escribirte estas líneas. No sé si vas a leerlas alguna vez, no sé qué pasará conmigo, con mi padre y mis otros compatriotas. No sé, en realidad, qué está pasando. Los militares nos sacaron de la casa a punta de fusiles sin decirnos más nada, ahora estamos presos en tu regimiento. Al parecer, no estás; de lo contrario, estarías por aquí buscándome.

No sé si tus camaradas me van a matar o qué van a hacer conmigo, solo sé que estoy atemorizada. Mi papacito ha dicho que no tengo de qué asustarme, tú sabe que él y yo tenemos pasaporte diplomático, pero quiero que sepa, mi teniente, que pase lo que pase en tu país, yo te amo. Tú sabe, por lo que te he contado, que nunca he tenido un amor… Bueno, mi teniente, hasta que te conocí, dondequiera que estés o dondequiera que me encuentre, quiero que sepas, mi chilenito, que te amo. En esta ciudad tan fría y diferente a mi Santiago de Cuba descubrí por primera vez el amor. A pesar de lo que está pasando, me he puesto colorada con lo que escribo. En fin, te amo, te amo y quiero que nunca lo olvides. Gracias por enseñarme lo que es el amor.

Te ama,
Mariana.

El teniente Albornoz dobló la hoja con cuidado para guardarla en el sobre. Apretó con fuerza el pequeño paquete de regalo donde permanecía el anillo que deseaba regalarle a Mariana en su cumpleaños, mientras por sus ojos comenzaban a asomar las lágrimas.

Santiago, 20 de septiembre de 1973

Aquella madrugada, un escueto comunicado en la prensa matutina informó a la ciudadanía de un enfrentamiento producido entre la DINA, el organismo de seguridad del Estado, y elementos subversivos, ocurrido en un terreno baldío de la comuna de San Miguel. El comunicado informaba con lujo de detalle cómo las fuerzas de seguridad fueron emboscadas mientras patrullaban las calles en busca de un embargue de armas introducido a Santiago por los insurgentes. Además, aseguraba que el enfrentamiento se había producido el día 13 en la noche y que gracias a la providencia, solo había sido herido un agente de seguridad de forma superficial. La DINA, tras una dura y extenuante lucha, felizmente había acabado con los extremistas.

Polo Santelices se sentó en la alfombra, arrugó la hoja del periódico y maldijo haber nacido en un país lleno de odios y mentiras. La noticia cerraba con el listado de los peligrosos extremistas abatidos en la valiente acción de las fuerzas de seguridad: Urrejola González, Ignacio Alberto y Urrejola González, Diego Alfonso. La radiocasetera seguía funcionando a medida que Polo, hecho un ovillo en el suelo, lloraba sin parar. La canción insigne de los Musicians and Friends llenaba la habitación.

Aquel 11 de septiembre cambió el Chile que todos conocían. Para algunos salió por fin el sol y la primavera que le precedió meses después fue la más bella de las estaciones, perpetuándose en la patria amada. Para otros, sin embargo, el invierno nunca dio paso a las blancas nubes y el gris del cielo no permitió ver el sol otra vez.

FIN